U0596189

我请小朋友来看戏

［苏］马尔夏克
［苏］施瓦尔茨 · 著

任溶溶 · 译著

来看戏

ZHEJIANG UNIVERSITY PRESS
浙江大学出版社

20世纪80年代，编《外国文艺》杂志

1980 年 12 月在菲律宾碧瑶

1991 年 11 月在中福会少年宫和孩子们在一起

2003年参加宋庆龄儿童文学奖颁奖典礼

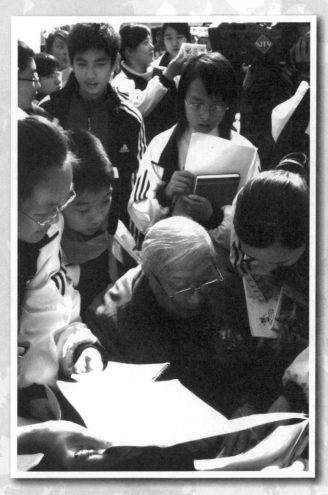

2007 年 12 月 5 日在上海松江区
参加一个外国语中学的校园文化活动

2008 年 5 月 29 日在北京荣获
第十四届宋庆龄樟树奖

救命！救命！我这次……
不是螃蟹就淹死！……
　　好老头
狗熊拼命叫哇吐，
吓得浑身乱摇晃，
用尽力气来拔脚，
差点连门都挂倒。
脚好容易拔出来，
嗐，□□－瘸－将逃得快！
－面逃过－面吐。

　　狗熊
我再不上这地方！
　　好老头
墙头上的公鸡叫。
　　大公鸡
要强盗，怕迟跑！
喔く！喔く！
空逃く地回老窝。
空拼命逃，瘸着腿，
头也不敢回一回。

翻译手稿：马尔夏克《小房子》（一）

唉々々！真痛快！
它再不敢到里来！

　　坏老头

公鸡乐得不浮了，
松开像干服的毛。
它也这么喔々啼，
树丛里又爬出小狐狸……

　　狐狸

　　（轻々地）

公鸡你先慢浮意，

浮意了情等着你！
狼哥害浮伤了腰，
狗熊害浮夹了脚，
我为弟兄来报仇，
要把公鸡你捉走！

　　坏老头

它偷々地爬过去，
甜言蜜语唱小曲。

　　狐狸

谁呀谁，

翻译手稿：马尔夏克《小房子》（二）

我从入学以后，爱演戏，过节开联欢会，我总上台演戏。让大家觉得开心，我也开心。正因为这个缘故，我也喜欢看剧本，也爱读剧本。我还拿过剧本呢，把几个好朋友约拿去上演，可是家中一场大火，我的剧本给烧掉了。
我真舍不得这剧本。 从连（签名）
2019·中秋节

写在前面的话

　　我读小学的时候，爱演戏，碰到开联欢会，我总上台演戏。让大家看得开心，我也开心。正因为这个缘故，我喜欢看剧本，也爱译剧本。我还写过剧本呢，只可惜朋友要拿去上演，不料家中一场大火，我的剧本给烧掉了。

　　我真是很爱看剧本。

任溶溶

2019．中秋节

版本说明

《十二个月》剧本译文首次出版于 1961 年（少年儿童出版社）。

《雪女王》剧本译文首次出版于 1952 年（青年出版社）。

为保持作品风格的原汁原味，除部分标点、字词外，本版本尽量不做改动。特此说明。

目　录

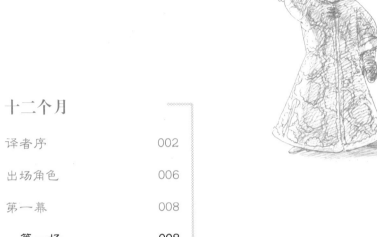

十二个月

〔苏〕马尔夏克

译者序

　　萨穆伊尔·雅可夫列维奇·马尔夏克是苏联著名儿童剧作家。他写诗，写童话，写剧本，写文学论文，还翻译书；他为成人写，也为儿童写。读他的作品，真可以从小读到大。

　　马尔夏克 1887 年生于沃龙涅日城。他父亲是化学厂里的一个技术员，很有才能，老想发明什么，可是在那个时代里，他的才能被埋没了，生活十分穷困，常常带着一家人从这个城搬到那个城，从这个厂换到那个厂。马尔夏克小时候就是在工人区里长大的。

　　马尔夏克从小爱书。他自己说过，他四岁就开始写诗，到十一岁已经写了几首长诗，还译了古罗马诗人贺拉斯的颂诗。1902 年，他到当时的首都圣彼得堡求学，著名的俄国文艺批评家斯塔索夫看到了他写的东西，很赏识他的才能，就大力培养他，让他到自己工作的图书馆里看了许多书，还带他参观博物馆、看画展、听音乐等。

1904年夏天，马尔夏克就在斯塔索夫的别墅里幸运地见到了高尔基。这位无产阶级作家听了他朗诵的作品以后，看到他身体很弱，突然问他："你愿意住到雅尔塔去吗？"

于是马尔夏克在黑海边雅尔塔高尔基的家里住了近两年。他得到高尔基的亲切教导，并且在那里医病、读书。1905年，俄国第一次资产阶级民主革命失败，高尔基被迫出国，马尔夏克才又回到圣彼得堡。由于和高尔基的关系，反动当局认为他"思想危险"，不让他升学。他只好靠教学、写诗来维持了几年生活，后来就到英国求学去了。他在英国先进了一个综合中等技术学校，后来进了伦敦大学。假期内他徒步周游各地，听人们唱民歌，并且开始研究和翻译英国的民歌和诗。直到1914年，就在德国向俄国宣战的几个星期以前，马尔夏克才从英国回到了俄国。

第一次世界大战期间，马尔夏克在一个难童救济机构里工作，这使他开始注意到儿童教育问题。可是他从事儿童文学工作，并且在这方面发挥他的才能，却是在十月革命胜利以后。革命后他参加了儿童之家的组织工作，在克拉斯诺达尔跟一些教师和美术家筹办了一个"儿童城"，其中包括图书馆、幼儿园、儿童演戏小组以至儿童剧院。由于剧院演出需要，他开始动手写剧本。1922年，他的第一部儿童文学作品——《一个儿童剧集子》——出版了。

1923 年，马尔夏克回到彼得格勒（旧日的圣彼得堡），开始全心全意在苏联共产党的领导下从事社会主义儿童文学工作。他一方面写了许多至今为儿童传诵的优秀作品，一方面又编了苏联最早的那些儿童文学刊物和书籍，吸引了许多作家来写儿童文学作品，成为当时儿童文学的组织者。1928 年，高尔基回国，马尔夏克又在这位对下一代无比关怀的伟大作家的直接指导下工作。1934 年，马尔夏克在第一次全苏作家代表大会上做了关于儿童文学的报告。几十年里，他一直不倦地从事儿童文学工作。

马尔夏克不但在儿童文学方面做了杰出的贡献，也为成人读者写了不少作品。卫国战争时期，他写的招贴诗和政治讽刺诗是鼓舞士气、打击敌人的锋利武器。

由于马尔夏克对祖国所做的贡献，他曾几次获得列宁勋章，还获得一级卫国战争勋章和劳动红旗勋章，并且四次获得斯大林文学奖金。

《十二个月》是一个四幕八场的童话剧，是根据一首斯拉夫民间叙事诗的主题写成的。

原诗的故事情节比较简单，讲一个后娘在寒冬腊月里逼着继女儿到林子里去采雪花——一种要在春天四月里才开的花。这继女儿在林子里却一下子遇到了十二个月。这十二位仙人由于同情这个善良的可怜的小姑娘，就把雪花给了她。后娘和她亲生女儿知道了这件事，就相继到林子里去找十二个月，想向他们索取更多的东西，结果都冻死了。

马尔夏克根据这个故事曾经写过一篇童话，但在童话中主题已经有所发展。他写十二个月给继女儿雪花，是由于她热爱劳动。因为她一年十二个月都在劳动，所以十二个月对她都很熟悉，而对于勤劳的人，十二个月是从来不吝惜他们的礼物的。

现在我们再回过来看《十二个月》这个童话剧，就可以知道作者已经在原故事的基础上做了重大加工，它真正成为作者的创作了。剧中更突出了劳动主题，同时通过冬天里找春天雪花这个线索，大大丰富了原来的内容，把这个无理要求写成是由愚蠢而自大的女王提出的，并塑造了一系列的人物形象，讽刺了宫廷生活的无聊和残酷。至于后娘要继女儿去采雪花，也不再是单单出于一时高兴，而是为了贪图金钱。这样，对阶级社会的揭露也就更加有力，故事的意义也就更加大了。

这个剧本曾经获 1946 年的斯大林文学奖，并且得到了很高的国际声誉。

出场角色

大妞

二妞

老太婆

女王，十四岁的小姑娘

女侍从长，又高又瘦的老太太

教授，女王的算术和书法老师

首相

皇家卫队长

皇家卫队的军官

皇家检察长

西方国大使

东方国大使

御花园总管

园丁们

老兵

年轻的大兵

狼

老鸦

兔子

松鼠甲

松鼠乙

狗熊

十二个月

差人甲

差人乙

第一幕

第一场

冬天里的树林子。一块偏僻的空地。地上雪堆起伏，人迹全无。树上也都是雪，像戴了毛茸茸的帽子。静极了。台上好一会儿空空洞洞的，就像是什么生物都没有。可是接着雪地上扫过一道阳光，照亮了从树丛里探出来的一个灰狼头，照亮了松树上的一只老鸦，照亮了树洞旁边枝丫上的一只松鼠。只听见一阵沙沙声、翅膀噼噼啪啪声、枯树咔嚓咔嚓声。树林子又生气勃勃了。

狼　：呜——呜——呜！你瞧吧，树林子里就像什么都没有，就像四下里是空的，鬼影子都没一个。可你骗不了我！我闻出来了，兔子就在这儿，松鼠就在树洞里，老鸦就在树枝上，鹧鸪就在雪堆底下。呜——呜——呜！

我恨不得把它们一个一个都给吃了!

老　鸦：呱，呱！你瞎扯，都吃了你可办不到!

　狼　：你别呱呱乱叫好不好。我饿得肚子疼，牙齿都自己捉对
　　　　儿打架了。

老　鸦：呱，呱！老兄，你趁早走你的吧，别去找人家麻烦了。
　　　　还是留点神，可别让人家来找你的麻烦。我是只神眼
　　　　老鸦，站在树上，三十里开外看得清清楚楚。

　狼　：那你都看见什么了?

老　鸦：呱，呱！有个大兵一路走过来。他肩膀上挂支要狼命
　　　　的枪，腰间佩把送狼命的剑。呱，呱！大灰狼，你上
　　　　哪儿啊?

　狼　：听你这老家伙唠唠叨叨，烦都烦死了，我要去找个地方
　　　　躲开你！（说着就跑）

老　鸦：呱，呱！大灰狼滚回家去了，它吓掉魂啦。这可没错，
　　　　愈往林子里头跑，性命愈加保得牢。可那大兵不是来
　　　　打狼，是来找新年松树的。他还拖了个雪橇。明儿过
　　　　年了。过年过年，冻掉鼻尖，这可不假。唉，要能张
　　　　开翅膀飞两圈，取取暖，那该多好哇，可我老喽，老喽!
　　　　呱，呱！（躲到树枝中间去了）

一只兔子一蹦一跳地到空地上来。树枝上面，原先那只松鼠旁边又多了一只。

兔　子：（把爪子拍来拍去）冷啊，冷啊，冷啊！冷得人气都透不过来，跑着跑着，爪子在雪地上都冻住了。松鼠哇松鼠，咱们来玩捉迷藏，玩"烧火"吧！请来太阳，招来春天。

松　鼠：来吧，兔子。那谁先"烧"呢？

兔　子：咱们来数。数到谁"烧"就谁"烧"。

松　鼠：数就数吧！

　　　　斜眼鬼，你听好，

　　　　千万不要光着脚，

　　　　赶紧去找两双鞋，

　　　　把你爪子包一包，

　　　　你穿上了鞋子跑，

　　　　灰狼找你找不着，

　　　　狗熊找你找不着，

　　　　快出来吧，该你烧！

兔子站在前面，两只松鼠站在后面。①

松　鼠：烧吧烧吧烧得旺，

　　　　火焰永远亮堂堂。

　　　　你看天上小鸟飞，

　　　　你听铃铛叮叮响！

松鼠甲：捉吧，兔子！

松鼠乙：你捉不到的！

　　它们跑起来。

　　两只松鼠一只左一只右绕过兔子，在雪
地上跑，兔子跟在它们后面追。追得正起劲，
大妞到空地上来了。她头上披一块破的
大头巾，身上穿一件旧的短上衣，
脚上蹬一双穿歪了的皮靴，手上戴
一副粗糙的手套。她拖着辆雪橇，
腰带上插着把小斧子。她在树木之
间停下来，定眼瞧着兔子和松鼠。
它们玩得正起劲，没看到她。两只
松鼠跑到树上去了。

兔　子：你们上哪儿啦，你们上哪儿啦？不可以上树，这样太

――――――――
　　①这种游戏的玩法是这样的：捉人的人站在前面，被捉的人站在后面，然后后
面的人两个两个跑开，捉人的人回身去捉他们。

　　　　　狡猾了！我不来！

松鼠甲：兔子，你蹦啊，蹦上来呀！

松鼠乙：你跳哇，跳上来呀！

松鼠甲：尾巴一甩，就到树上来了！

兔　子：（跳了几跳，怨声怨气地说）可我尾巴短……

　　两只松鼠笑起来。大妞也笑起来。兔子和松鼠赶紧回头一看，都躲起来了。

大　妞：（用手套擦着笑出来的眼泪）哎哟，我受不了了！多
　　　　好笑哇！天这么冷，可我都笑得热起来了。它怎么说
　　　　的？"可我尾巴短。"它就是这么说的。要不是亲耳听见，
　　　　我还不相信哪！（大笑）

　　一个老兵来到空地上。他腰带上插把大斧子，也拖着辆雪橇。这个兵大胡子，挺老练，岁数不小了。

老　兵：你好哇，我的小美人！你怎么这样高兴啊，得了宝啦，
　　　　还是听到什么好消息了？

　　大妞摆着手，笑得更响了。老兵瞧着她，不由得也笑起来。

老　兵：你倒说说，什么事情让你这么哈哈大笑呢。不定我也
　　　　能陪你笑笑哇！

大　妞：你不会相信的！

老　兵：为什么？我们这些个当兵的，一辈子里哪样没听说过，
　　　　哪样没看到过。该相信的相信，要骗我们可不行。

大　妞：刚才一只兔子跟两只松鼠玩"烧火"，就在这儿！

老　兵：真的吗？

大　妞：一点儿不假！就跟我们孩子在街上玩的一样。"烧吧
　　　　烧吧烧得旺，火焰永远亮堂堂……"兔子追松鼠，松
　　　　鼠躲兔子，在雪地上跑来跑去，一下子松鼠上树了。
　　　　它们还逗兔子说："蹦啊，蹦上来呀！跳哇，跳上来呀！"

老　兵：它们说我们人话？

大　妞：嗯，说我们人话。

老　兵：太奇怪了！

大　妞：瞧，你不相信我的话了不是……

老　兵：怎么不相信！今天可是什么日子啊？今天是旧年到头
　　　　新年开始的日子。我还听我爷爷说，他听他爷爷说过，
　　　　到了大年夜，天底下什么事情都会有，只要你能偷偷
　　　　等着看。松鼠兔子玩"烧火"，这算得了什么！大年
　　　　夜比这出奇的事情有的是。

大　妞：什么事情呢？

老　兵：信不信由你，可我爷爷是这么说的：有一年大年夜，他爷爷把十二个月一下子都碰到了。

大　妞：真的吗？

老　兵：一点儿不假。他老人家一下子见到了春夏秋冬一年四季。这件事他一辈子没忘掉，跟儿子讲了，叮嘱儿子再给孙子讲。这么一代一代的，就传到我这儿了。

大　妞：冬天跟夏天，春天跟秋天全凑到一块儿，这行吗？它们可是怎么也凑不到一块儿的。

老　兵：哎，我知道的说，不知道的不说。话又说回来了，这么冷的天，你出来干吗呀？我是身不由己的人，上头把我给派来了，可谁会把你给派来呢？

大　妞：我也不是自己要来的。

老　兵：你帮人干活是怎么的？

大　妞：不，我待在家里。

老　兵：你妈怎么会让你出来呢？

大　妞：是我妈就不会让我出来了，是后娘吩咐我出来的。她让我来捡树枝砍柴。

老　兵：原来是这么回事！这么说你没亲娘？怪不得你一身衣服都是人家穿剩下来的。风一准吹到你骨头里了。好，我先给你帮个忙，我的活儿回头再干。

大妞跟老兵一块儿捡起树枝，堆在雪橇上。

大　妞：那么您来是干什么的呢？

老　兵：来砍棵新年松树，要全树林子里最好、树枝最密、树干最挺、叶子最绿的。

大　妞：您这棵新年松树砍给谁呀？

老　兵：什么，砍给谁？砍给女王她呗！赶明儿我们一王官都是客人。我们可得让大伙儿吃上一惊。

大　妞：你们树上都挂些个什么呀？

老　兵：还不跟大家挂的一样。各式各样的小玩意儿、响炮，还有叮叮当当的东西。就是人家用金色纸用玻璃做，可我们用金子用宝石做。人家洋娃娃跟小兔子是棉花的，可我们那些是缎子的。

大　妞：女王还玩洋娃娃？

老　兵：怎么不玩哪？她说是女王，可不比你大。

大　妞：我啊，我早就不玩了。

老　兵：对对，你是没工夫玩，可她工夫有的是。她上头没人管啦。自从她的爹娘，就是先帝爷夫妇俩去世，她就当了权，管她自己也管别人了。

大　妞：这么说，咱们这位女王没爹没娘？

老　兵：可不是，没爹没娘。

大　妞：挺可怜的。

老　兵：可不是！也没个人教她讲讲道理。好了，你的活儿算完了。这些柴火够烧上十天八天的。这会儿该我干我的活儿，拣棵新年松树了，要不，咱们那位没爹没娘的就得要我的命。她可不是闹着玩的。

大　妞：我后娘就这样……还有我妹妹也跟她一模一样。你怎么做她们都说不对，你走哪条道都不合她们的辙。

老　兵：等着吧，你不能受她们一辈子气。你还小，会过到好日子的。我们当兵的年限算长了，可也有个底儿。

大　妞：谢谢您的好心话，也谢谢您给我捡的柴火。今儿我的活儿一会儿就干完了，太阳还那么高。有棵新年松树，让我来指给您看看吧。您看它能行吗？它多美呀，树枝根根不差。

老　兵：那好哇，指给我看看吧！树林子看着就像你的家。怪不得松鼠和兔子当你的面玩"烧火"呢！

　　大妞跟着老兵丢下雪橇，钻到树林子里不见了。台上空了会儿。接着那些盖满雪的老云杉树枝分开，两个高个老头儿走到空地上来。一个是一月，穿白皮袍子，戴白皮帽子；一个是

十二月，穿黑道子的白皮袍子，戴镶黑边的白皮帽子。

十二月：好了，兄弟，现在轮到你来管了，该我管的东西，你都给接收去吧。该我做的事看来都做好了。这会儿雪下够了，都下到了白桦树的腰，下到了松树的膝盖。再冷点也没关系。我们一直在乌云后面过，你们倒不妨跟太阳稍微玩玩。

一　月：谢谢你，兄弟。一看就知道你干得是不坏。怎么样，河上湖上的冰都冻结实了吗？

十二月：没问题，冻结实了。可再给冻冻也不坏。

一　月：我们要冻的，我们要冻的。事情交给我们错不了。再说树林子里的老百姓怎么样？

十二月：很好。该睡的睡了，不该睡的有的在跳，有的在跑。我这就把它们给叫出来，你自己看看吧。

他把戴着手套的手拍了拍。狼跟狐狸从林子里探出头来。松鼠在树枝上露脸。兔子一蹦一跳地来到空地当中。还有些兔子在雪堆后面摆动着耳朵。狼跟狐狸盯住了它们，可是一月伸出个指头点点它们。

一　月：你怎么啦，红毛狐狸？你怎么啦，大灰狼？我们把兔子叫出来，你们以为是给你们吃的吗？不，要吃自己去捉吧。我们可得把树林子里的老百姓都给点点数：

点点兔子，点点松鼠，还点点你们这些尖牙利齿的。

狼跟狐狸都不动了。两个老头儿不急不忙地点野兽。

十二月：动物全都聚拢来，

　　　　让我好好点个数。

　　　　灰狼、狐狸，还有貛，

　　　　整四十只斜眼兔。

　　　　数完大的数小的，

　　　　数过貂又数松鼠。

　　　　乌鸦老鸦什么鸦，

　　　　一百万只齐头数！

一　月：好了。都给数过了。现在你们要回家的可以回家，有
　　　　事情的可以办事情去了。

所有的动物都不见了。

一　月：兄弟，这会儿咱们该准备准备过年了——让树林子里
　　　　的雪换层新的，给树枝镀上一层银。甩甩你的袖子吧，
　　　　这儿现在还由你管着哪。

十二月：不早了一点儿吗？离天黑还早着哪。瞧这儿还有两个
　　　　雪橇，这么说，还有人在树林子里溜达。用雪把小道
　　　　儿一堵，他们就出不去了。

一　月：你先轻轻地下。等你把风一吹，把雪一下，客人们就

知道该回家了。你不催催他们，他们捡松果捡树枝，一准会捡到深更半夜。他们总是要这要那，没完没了。人嘛！

十二月：好吧，咱们就一点儿一点儿来。

> 叫声雪，叫声风，
>
> 叫声我的忠心好仆从，
>
> 大小道儿都封上，
>
> 谁也不让到林中，
>
> 别说是人来不了，
>
> 妖精来也不成功！

　　风刮起来了。大雪纷纷落在地上，落在树上。两个老头儿穿着白皮袍子，戴着白皮帽子，在雪幕后面跟树木混在一起，简直分不出来。大妞跟老兵回到空地上，一脚一脚踏着雪，用手捂住脸，挡开刮过来的风雪，走得挺费劲。他们两人搬来一棵新年松树。

老　兵：多大的风雪啊，一句话，就是过年的风雪嘛！什么都看不见了。咱俩把雪橇搁哪儿啦？

大　妞：这儿一顺儿两堆雪，准是雪橇。长点儿低点儿那个是您的，高点儿短点儿那个是我的。（用树枝扫掉雪橇上的雪）

老　兵：等我把新年松树捆上，咱们就走。我说你别等我了，先回去吧。你穿那么点儿衣服，可别给冻坏了，再不走还会给雪埋起来哪。你瞧多大的风雪啊！

大　妞：没什么，我也不是头一回了。（说着帮他捆新年松树）

老　兵：好，捆好了。现在一二三，开步走。我在前面走，你在后面踏着我的脚印跟着，那你就可以省点儿劲。好，走吧！

大　妞：走吧。（突然一哆嗦）哎呀！

老　兵：你怎么了？

大　妞：您瞧！那儿松树后面站着两个穿白皮袍子的老头儿。

老　兵：哪儿来的什么老头儿？在哪儿？（上前一步）

说时迟那时快，树木一并拢，树背后的两个老头儿就不见了。

老　兵：什么人也没有哇，是你看花眼了。这是松树。

大　妞：不，我是看见了。两个老头儿，穿皮袍子，戴皮帽子！

老　兵：今天就连树木都穿上皮袍子，戴上皮帽子了。咱们快走吧，别左看右看的了，碰到过年的风雪，又是在树林子里，你看见的怪事儿还不止这个哪！

大妞跟老兵走了。两个老头儿又打树背后出现。

一　月：他们走了吗？

十二月：走了。（手搭凉棚，朝远处看）他们都走到那儿，在
　　　　下山坡了！

一　月：好，看来这是你的最后两个客人，今年咱们树林子里
　　　　再不会有人了。把弟兄们给叫出来，生起新年火堆，
　　　　熬起树胶，煮他够用一年的蜂蜜吧。

十二月：谁来捡柴火啊？

一　月：你们冬天的月份呗。

十二月：谁来点火啊？

树林子里的声音：我们春天的月份呗！

十二月：谁来扇火啊？

声　　音：我们夏天的月份呗！

十二月：谁来灭火啊？

声　　音：我们秋天的月份呗！

　　　树林子里头到处人影幢幢。树枝中间透出亮光来。

一　月：怎么样，兄弟，一年四季十二个月，大伙儿好像都来
　　　　齐了。把树林子封锁起来过夜吧，进口出口，全给堵上。

十二月：好，我来封锁！

叫声狂风听仔细，

快把白雪都卷起。

卷哪卷，转哪转，

纷纷大雪盖满地。

砌起一道风雪墙，

把树林子全封闭。

给你钥匙，给你锁，

别让人们到这里！

大雪纷飞，像道墙似的把树林子遮没了。

第二场

王宫里。女王上课的教室。一块金框大黑板。一张花梨木课桌。十四岁的女王坐在天鹅绒垫子上，用挺长一支金笔在写字。她面前站着教她算术跟书法的灰胡子教授。教授身穿长袍，头戴古怪的博士帽，顶上还挂着束穗子，样子挺像古代的星卜家。

女　王：我最讨厌写字。总是弄得五个指头都是墨水！

教　授：陛下您说得一点儿也不错。这真是门极不愉快的功课。
难怪古代诗人作诗不用笔也不用墨，所以他们的作品
就列为口头文学。可我还是大胆请求陛下，请您用您
的御手再写四行。

女　王：好吧好吧，您给我念吧。

教　授：草儿绿油油，

　　　　太阳亮堂堂。

　　　　燕子春又至，

　　　　飞进我的房！

女　王：我才写到"草儿绿油油"。（写）草儿绿——油……

首相进来。

首　相：（深深地鞠躬）陛下您早。我大胆地来奏请您签一份

　　　　诏书和三道圣旨。

女　王：还要写！好吧好吧。可我签了字，就不写"绿油油"了。

　　　　把您的几张纸拿来吧！（在一张张纸上签字）

首　相：谢谢您，陛下。现在我还大胆请您写下……

女　王：还要写？！

首　相：就写下陛下您对这奏章的旨意。

女　王：（不耐烦了）写什么呢？

首　相：两个里头挑一个，或者是"杀头"，或者是"赦免"。

女　王：（自言自语）赦——免……杀——头……还是"杀头"

　　　　好写点儿。

首相接过文件，行过礼出去了。

教　授：（叹大气）瞧您说的，好写点儿！

女　王：您说什么？

教　授：唉，陛下，您写什么来了？

女　王：一准您又看到哪笔写错了。"杀"字下头不是"木"字怎么着？

教　授：不，字您倒写得蛮对，可就是大错特错了。

女　王：什么错了？

教　授：连想都不想，就决定了一个人的生死！

女　王：那可办不到！又写又想，我可不能两样同时做。

教　授：倒不用同时做。先想后写就行了，陛下。

女　王：我要依您的话，那我就什么也不用干，光顾着想啊，想啊，想啊，想到后来，不是想疯了就是想出鬼知道什么东西来……亏得我没依您那套……好了，您还有什么话说？要问快问，我真一辈子出不了教室了！

教　授：请让我大胆问陛下您一个问题：八乘七是多少？

女　王：我一下想不大起来……对这个我向来没兴趣……我说
　　　　您呢？

教　授：当然有兴趣啦，陛下！

女　王：那太奇怪了！……好，再见，咱们下课了。今天大年
　　　　夜，我事情多着哪。

教　授：遵旨，陛下！……（苦着脸，顺从地收拾书本）

女　王：（用胳膊肘支着桌子，心不在焉
　　　　地瞧着他）说真格的，真幸
　　　　亏我是女王，不是个普通
　　　　的女学生。人人得听我
　　　　的话，老师也不听不
　　　　行。教授您倒给
　　　　说说看，要

是您问别的学生八乘七是多少，她不肯回答，您可怎么对付她呢？

教　授：我可不敢说，陛下！

女　王：没关系，您说吧。

教　授：（提心吊胆地说）罚她站壁角。

女　王：哈哈哈！（指指几个壁角）站那个，还是站这个？

教　授：站哪个都一样，陛下。

女　王：要我站我就站这个，舒服点儿。（站到壁角那儿）要是她站完壁角，还不肯回答八乘七是多少呢？

教　授：那我就……请陛下您开恩……那我就罚她不吃一顿中饭。

女　王：不吃中饭？要是她约好了客人呢，比方说什么国的大使啊，什么国的王子啊？

教　授：可我讲的不是圣上，我讲的是普通的女学生啊，陛下！

女　王：（把一张椅子拉到墙角，坐下来）可怜的普通女学生！原来您是那么个狠心的老头儿。您知道我能叫您死吗？我要高兴，今天就能叫您死！

教　授：（手里的书本都掉下来）陛下……

女　王：对了对了，今天就能叫您死。怎么不能呢？

教　授：可我哪点儿得罪您啦，陛下？

女　王：哼，还要怎么跟您说呢！您是个顽固透顶的老头儿。我说什么您都说不对。我写什么您都说错了。我可要人家什么都说我对！

教　授：陛下，我拿我的性命来赌咒，要是您不高兴这样，那往后随您说什么，我都一个劲儿对对对！

女　王：拿您的性命来赌咒？那好吧。咱们来把课上下去。您问我点儿什么吧。（坐课桌旁边）

教　授：请问陛下您，六乘六是多少？

女　王：（歪着头看着他）十一。

教　授：（苦着脸）对对对，陛下。那么八乘八呢？

女　王：三。

教　授：对对对，陛下。那么三乘……

女　王：乘乘乘！您倒是有完没完哪，倒真有得问的……您还是给我讲点什么有趣的东西吧。

教　授：要讲点有趣的东西吗，陛下？讲什么呢？哪方面的？

女　王：那我也不知道。讲点过年的事吧……今天不是大年夜吗！

教　授：遵旨，那就请听我给您讲吧。我说陛下，这一年里头总共有十二个月！

女　王：什么？真的吗？

教　授：一点儿不假，陛下。这十二个月就是：一月、二月、三月、四月、五月、六月、七月……

女　王：嘿，那么多！一个一个您都给记住了？您的记性可真了不起呀！

教　授：谢谢陛下您的夸奖！八月、九月、十月、十一月、十二月。

女　王：真亏他说的！

教　授：一个月接着一个月。这一个刚完，那一个跟上。还从来没有过二月赶到一月头里，九月赶到八月头里的。

女　王：我要现在就来四月呢？

教　授：这可办不到，陛下！

女　王：您又来了！

教　授：（求她）这可不是我违抗陛下您。这是科学和自然法则！

女　王：倒请您说说！要是我下了圣旨，盖上大印呢？

教　授：（没法子，摊开了手）我怕也没用。可是陛下您也犯不着把日历这么改。每个月都给咱们带来每个月的礼

物跟乐趣。比方说，十二月、一月、二月可以溜冰，有新年松树，有谢肉节的戏场子；三月雪化了，到四月啊，一朵一朵雪白雪白的雪花就打从化开的雪下面露出来了。

女　王：我正为这个希望现在已经是四月了。我最爱雪花。我还没见过雪花哪。

教　授：离四月没多远了，陛下。一共只有三个月，也就是九十天……

女　王：九十天！我三天都等不及了。明天开新年招待会，我要桌上有这种——您叫它什么来着？——这种雪花。

教　授：可陛下您要考虑到自然法则啊！……

女　王：（打断他的话）我要给自然订个新法则！（拍拍手）喂，来人哪，把首相给我叫来。（对教授说话）您坐到我的课桌旁边来给我写。这会儿我来念您来写。（在屋子里来回走）好！"小草绿油油，太阳亮堂堂。"对了对了，就这么写，"小草绿油油，太阳亮堂堂。在我们女王陛下所有的树林子里，春天花朵都开放了。因此圣上有旨，要大家在新年以前满满送一篮雪花进王宫。凡是体现圣上旨意的，圣上一律御赐……"赐他们些什么呢？等一等，这句话别写上！……好了，

想出来了。您这么写："御赐和雪花数量相当的金子一篮、镶银狐皮的天鹅绒袍子一件，外加伴随圣上新年出游。"好，写完了吗？您写得多慢哪！

教　授：……镶银狐……我已经好久没听写了，陛下。

女　王：哈哈，自己不写，老逼着我写！多鬼呀！……好，行了。把笔给我，让我签上我的御名！（很快就把签名最后那笔拖笔写完，把纸晃来晃去，让墨水快点干）

这时候首相进来。

女　王：盖印吧，这儿一个，这儿一个！您给想个办法，让全城的人都知道我这儿这个圣旨。

首　相：（眼睛很快地在纸上溜了一遍）在这上头盖印？这是您的旨意吗，陛下！

女　王：对了对了，我的旨意，您一准做得到！

幕下。两个差人在二道幕前先后出来，一人手里拿个号角跟一卷纸。号角威严地嘟嘟响起来。

差人甲：今天大年夜，
　　　　圣旨传下来。
　　　　命令众雪花，
　　　　今天都盛开。

差人乙：草儿绿油油，

　　　　太阳亮堂堂。

　　　　燕子春又至，

　　　　飞进我的房！

差人甲：哪个敢不信？

　　　　燕子飞进房。

　　　　草儿绿油油，

　　　　太阳亮堂堂。

差人乙：林中雪花开，

　　　　天气真温暖。

　　　　哪个说不是，

　　　　就是想造反！

差人甲：因此圣上有旨，要大家在新年以前满满送一篮雪花
　　　　进宫。

差人乙：凡是体现圣上旨意的，一律有赏！

差人甲：圣上要御赐他跟雪花数量相当的金子一篮！

差人乙：镶银狐皮的天鹅绒袍子一件，外加伴随圣上新年出游！

差人甲：在结尾处圣上御笔写着：恭贺新年！恭贺四月一日！

　　　号角又嘟嘟吹起来。

十二个月

差人乙：山谷淌小溪，

　　　　冬天到了底。

差人甲：赶快把雪花，

　　　　送到王宫里！

差人乙：只要天亮前，

　　　　雪花采一篮。

差人甲：圣上用金子，

　　　　跟你来交换。

差人甲、差人乙：

　　　　草儿绿油油，

　　　　太阳亮堂堂。

　　　　燕子春又至，

　　　　飞进我的房！

差人甲：（拍着手）呼呼呼呼！……好冷啊！……

第三场

　　郊外一间小房子。炉子生得热烘烘的。窗外大风大雪。天色已经黑了。老太婆在和面。她女儿二妞在火前面坐着，身边放着几个篮子。她把篮子一个一个从地上拿起来比，先拿个小的，再拿个大点儿的，最后拿个最大的。

二　妞：（拿着那小的篮子）妈，您说这个篮子里金子装得多吗？

老太婆：哎，多。

二　妞：够买一件皮袍子吗？

老太婆：岂止买皮袍子啊，我的小心肝！买一整份嫁妆都够了，
　　　　够你买皮袍子买裙子的，还够你买袜子买头巾哪。

二　妞：这个又能装多少呢？

老太婆：这个装得就更多了。够你买一座大瓦房、一匹带辔头的马，还够买一对小绵羊哪。

二　妞：那这个呢？

老太婆：这个？那简直没说的了。够你吃金子喝金子，穿金子着金子，耳朵上面挂金子的。

二　妞：那我就拿这个去装。（叹口气）就可惜这会儿找不到雪花。女王八成是拿咱们开玩笑。

老太婆：她年纪小，什么想不出来。

二　妞：万一有人进树林子，真采到雪花，弄到这么一篮金子呢！

老太婆：哼，采到雪花——没有的事！不到春天谁也别想见到雪花。瞧外面雪堆都有房顶那么高哪！

二　妞：不定它们在雪堆底下偷偷长起来呢。它们不叫雪花吗？我穿上皮袍子找找去。

老太婆：小心肝，你疯了！我门槛都不让你出去。瞧窗外多大的风雪。再说到了夜里，这个风雪就更大！

二　妞：（拎起最大的篮子）不行，我说去就得去。进王宫去跟女王一起过个年，这种机会可是一千年一万年都碰不到的。还赏满满一篮金子哪！

老太婆：你到了树林子里人就给冻死了。

二　　妞：要不就这样，树林子里您去吧，您把雪花采来，由我
　　　　给送进王宫去。

老太婆：你这是什么话呀，小心肝，你不心疼你的亲娘吗？

二　　妞：心疼您也心疼金子，可最心疼的是我自己！嗳，您还
　　　　站着干吗？一点儿风雪算得了什么！多穿上点衣服，
　　　　您就给我去吧！

老太婆：真没说的，这女儿就是好呗！这种天气连狗都不赶门，
　　　　可她赶妈妈出去。

二　　妞：对了！赶您出去！您为女儿多走一步路都不肯。您要
　　　　不去，我就得蹲在灶旁边过年了。可人家呢，跟女王
　　　　一块儿坐银雪橇出游，还用铲子铲金子……（说着就
　　　　呜啦呜啦哭了）

老太婆：好了好了，小心肝，够了够了，别哭了。来吃个热腾
　　　　腾的饼吧！（她从灶里拉出块铁板，上面满是饼。）
　　　　热腾腾的出炉饼，吱吱叫着把你请！

二　　妞：（眼泪汪汪）我不要您的饼，我要雪花！……好，这
　　　　么办吧，您不肯去，又不让我去，那就让姐姐去吧。
　　　　她就要从树林子里回来了，您叫她再去一趟吧。

老太婆：说得是啊！干吗不叫她去呢？树林子又不远，去一趟
　　　　要不了多少工夫。她要把雪花采来，咱俩就给送进王

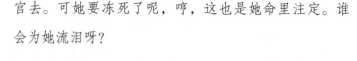

宫去。可她要冻死了呢，哼，这也是她命里注定。谁会为她流泪呀？

二　妞：可不是，我就不流泪。我看见她就有气，肺都气炸了。咱们简直连大门都不能出去，一出去就听见街坊邻居说她："哎呀，没爹没娘，多可怜哪！""真是个能干的姑娘，一双手巧极了！""多漂亮啊，看得人眼睛都不想眨！"可我哪点比不上她？

老太婆：这你都说到哪儿啦，小心肝，要依我看，你不但比得上她，还比她强多了。可就不是人人都能看出来。她鬼呀，会讨好人。跟那个鞠躬，跟这个咧嘴。这下大家就可怜她了。没爹没娘啊，没娘没爹啊。没爹没娘，她短什么啦？我的头巾也给她了，挺好的一块头巾，披了七年还不到，后来也不过盖了一下和了的面。你前年那双鞋我也让她穿了，我还小气？再说面包她一天吃多少？早晨一片，中饭一块，晚上还来个面包头。这么一年下来该多少，你倒给算算看。一年有三百六十五天哪。要换了别人，一准不知道怎么谢才好了，可这小丫头，一声谢都没听她说过。

二　妞：那好，就让她进树林子。我挑的那个大篮子给她。

老太婆：这哪儿行啊，小心肝！那篮子新的，才买了没几天。待会儿还得进树林子去找篮子哪。给她这个吧，丢了也不心疼。

二　妞：可它太小了！

　　大妞进来。头巾上都是雪。她摘下头巾抖抖，到灶旁边烤烤手。

老太婆：外头怎么啦，刮风下雪了？

大　妞：嘿，风大雪大，哪是天哪是地都分不出来了。人就像腾云驾雾似的。我好歹算摸到了家。

老太婆：飘点儿雪刮点儿风，这才叫作冬嘛。

大　妞：不，这样的大风大雪，一年里今天还是头回见到，也再不会见到了。

二　妞：你怎么就知道再不会见到了？

大　妞：今天不是大年夜，今年末了儿的一天吗！

二　妞：原来这么回事！你还能出哑谜，看来你还没怎么冻着。怎么样，烤暖和了吗？你还得出去一回哪。

大　妞：上哪儿，远吗？

老太婆：不太近，也不怎么远。

二　妞：进树林子！

大　妞：进树林子？去干什么？柴火我捡了不少，够烧个十天八天的。

二　妞：不是去捡柴火，是去采雪花。

大　妞：（笑着说）这么大风大雪，采什么雪花呀。你闹着玩儿，我一下还当真哪，人都给吓了一跳。今天送命比什么都容易：风雪那个呼呼打转转哪，把人都给吹倒了。

二　妞：我可不是闹着玩儿。怎么，女王下圣旨的事，你没听说吗？

大　妞：没有。

二　妞：你什么也没听说，就什么都不知道。可这件事在城里都闹翻天了。圣旨说，今天谁把雪花送进王宫，就赏他满满一篮金子，一件镶银狐皮的袍子，还让他跟女王一块儿坐雪橇出游。

大　妞：现在哪来什么雪花呀，冬天嘛……

老太婆：要是春天，送雪花去就不赏金子赏铜子了！

二　妞：好了，还废什么话！篮子拿去。

大　妞：（瞧瞧窗外）天都黑了……

老太婆：你去捡柴火，要再溜达得晚点，天越发黑得不见五指了。

大　妞：明天一早去好吗？我起早点，天一亮就……

二　妞：亏你想的——明天一早去！你要到明天晚上都没找到可怎么办？他们王宫里还能等着咱们哪！花可是过年得要的。

大　妞：冬天里树林子开花，咱也没听说过……再说天这么黑，能看到东西吗？

二　妞：（大啃其饼）那你腰弯得低点，眼睛睁得大点。

大　妞：我不去！

二　妞：什么，你不去？

大　妞：难道你们就一点儿都不可怜我吗？我这一进树林子，可就回不来了。

二　妞：什么，你不去叫我去？

大　妞：（耷拉着头）我又不要金子。

老太婆：对了对了，你什么都不要。你样样不短，反正短了什么，就伸手问后娘妹妹要！

二　妞：咱们大姐是阔人，给她满满一篮金子都不要！哼，你到底去不去，拿句话来！你不去是不是？那我的皮袍子呢？（都要哭出来了）让她在家里烤火吧，吃饼吧，我去，我到树林子里去踏着雪走到三更半夜……（她说着从钩子上把皮袍子拉下来，向门口跑去。）

老太婆：（一把拉住她的衣边）你上哪儿去？谁让你去了？蠢丫头，坐下来！（对大妞）你呀，包上头巾，拿起篮子就快滚吧。你给我小心点，我要是知道你在隔壁哪家坐着，可就别想再回来——你就给我在外面冻死！

二　妞：快滚，采不到雪花你就别回来！

大妞包上头巾，拿起篮子出去了。冷场。

老太婆：（回头看了看门）那死丫头连门都没关好。那么大的风！小心肝，你快把门给关关好。把饭菜摆上桌子吧，咱们该吃晚饭了！

第二幕

第一场

树林子。下着鹅毛大雪。暮色沉沉。大妞费事地在一堆堆深雪间穿过。她把破头巾拉紧点，呵一呵冻僵的双手。树林子里越来越黑。树帽上叭的一声掉下一团雪。

大　妞：（吓了一跳）哎呀，谁呀？（四下里瞧瞧）是树帽上雪掉下来了，我还当有人从树上跳到我身上来呢……说真格的，这种时候，谁还能在这儿啊？连野兽都躲在洞里了。树林子里就我一个人。（再往前走，在吹倒的树木上踢了一脚，绊住了）我不走了。就留在这儿吧。在哪儿冻死还不一样？（坐在一棵倒地的树上）多黑呀！伸手都看不见手指头。也不知道我来到哪儿

了。进路退路都找不到。这回一准没命。活着没过过什么好日子，可死到底是可怕的……难道叫救命吗？不定有人听见，比方那些个管林子的，砍柴回去晚了的，打猎的。喂！救命啊！喂！没有，没人答应。我怎么办呢？就这么坐着等死吗？要是狼跑来呢？它们老远就能闻到人味儿。你听，那儿咔嚓咔嚓响，就像什么东西偷偷过来了。噢，我怕呀！（坐到一棵树旁边，瞧着树上盖满雪的多节粗树枝）爬上去怎么样？爬上去它们就够不到我了。（爬到一根树枝上，坐在丫枝那儿打起盹来了）

树林子里有一会儿静悄悄的。接着狼打雪堆后面出来。它小心地四面看看，绕树林子走了一圈，然后抬起脑袋，拖长声音唱它孤独的狼歌。

狼　：呜——

　　　这冷真要命，

　　　这冷真无情。

　　　一路走下来，

　　　尾巴冻成冰。

　　　绵羊到冬天，

　　　长出一身毛，

　　　狐狸到冬天，

穿上大皮袍。

只有我老狼，

命苦真命苦。

一件狼皮袍，

破得没法补。

哎呀命苦，

真命苦！……

它停了一下，接着拉长嗓子又唱起来。

狼　：今天大年夜，

个个睡大觉。

邻居早入梦，

狗熊早睡着。

不睡洞里的，

树下打呼噜。

睡吧，

小小兔，

睡吧，

小银鼠……

就我睡不着，

拼命动脑筋。

拼命动脑筋，

想我真苦命。

我的心苦恼，

害了失眠症。

饥饿赶着我，

逼得我发疯。

冰天又雪地，

吃的上哪找？

呜，饿得不得了，

呜，冷得不得了！

它唱完又绕着树林子走，来到了大妞藏身的树旁边，停了下来。

狼 ：呜呜呜，我闻到了树林子里有人味儿。我总算捞到顿年夜饭吃吃，能活着过个年了！

老 鸦：（在树梢上叫）呱，呱！大灰狼，你倒留点儿神。不是给你吃的！呱，呱！

狼 ：啊，又是你这老妖精！早晨你把我给骗了，这回我可再不上当了。我闻到了人味儿，的的确确闻到了！

老 鸦：好，你那么会闻，你倒给说说看，你右边是什么，你左边是什么，你前面是什么？

狼 ：你以为我说不出来吗？我右边是矮树林子，我左边是矮树林子，我前面呢，哈哈，是好吃的东西。

老　鸦：老弟，你这是瞎——扯！左边是捉狼的机关，右边是
　　　　毒狼的药，你前面呢，呱呱，是等狼的陷坑。你要走
　　　　就只有走回头路。我说大灰狼，你可是上哪儿去呀？

狼　：我爱上哪儿就哪儿，你管不着！（跑到雪堆后面不见了）

老　鸦：呱呱，大灰狼夹着尾巴逃走了。它老，可我比它还老；
　　　　它鬼，可我比它还鬼。这条大灰狼我还要把它不止骗
　　　　上一回哪！可是你呀，小美人，醒醒吧，这么天寒地
　　　　冻的可不能打盹，要冻死的！

松鼠在树上露脸，对大妞扔了个松果。

松　鼠：别睡了，要冻死的！

大　妞：这是怎么回事？是谁在说话呀？什么人？哪一个？不，
　　　　一准是我听错了。不过是树上掉下个松果，把我给打
　　　　醒了。可我做了个好梦，连人都暖和起来了。我梦见
　　　　什么啦？一下子想不起来了。哦，想起来了！是我亲
　　　　娘拎着盏灯，在家里来回走，灯光一直照到我眼睛里。
　　　　（抬起头，用手扑掉睫毛上的霜）是真有什么在发亮啊，
　　　　在那儿，远远的……万一这是狼眼睛呢？不对，狼眼
　　　　睛是绿的，这可是小金光。它那么闪闪烁烁，就像一
　　　　颗小星星在树枝里挂住了。让我跑去看看！（从树枝

上跳下来）还在亮。不定离这儿不远真有守林人的小房子吧，要不就是砍柴的生起了火堆。一定得去。得一定去。哎哟，腿走不动了，全给冻僵了！（费劲地走起来，不时陷在雪堆里，在倒下的树木间跋涉过去）希望火别灭了！……没灭，它没灭，倒是越来越亮了。好像还闻到一股暖烘烘的烟味儿。难道是火堆吗？真是火堆。也不知道是不是我听错了，我听见树枝在火里吱嘎吱嘎响。（往前走，一路上把高大茂密的云杉的树枝拨开或者撩起来）

　　周围越来越亮了。红红的火光在雪上、在树枝上闪来闪去。大姐面前忽然露出圆圆一块不大的空地，空地当中生着堆热气腾腾的熊熊的大火。火堆四周坐着人，有离火近的，有离火远的，一共十二个：三个老年人，三个中年人，三个青年人，还有三个少年人。年轻的就坐在火堆跟前，年老的离火远点。三个老年人当中，两个穿白皮袍子，戴毛蓬蓬的白皮帽子；一个穿黑道子的白皮袍子，戴镶黑边的白皮帽子。三个中年人当中，一个穿金红色衣服，一个穿深红色衣服，一个穿玄褐色衣服。其余六个人都穿绿袍子，就是颜色深浅不同，上面绣着五彩花纹。一个少年人在绿袍上披件短皮袄，一个少年人把短皮袄搭在一边肩膀上。大姐在两棵云杉间停下来，不敢走到外面空地上去，就在这儿偷听十二弟兄坐在火堆旁边说话。

一　月：（往火堆上扔了一把干树枝）

　　　　烧吧烧吧烧得旺，

　　　　好让夏天热一场。

　　　　冬天不会那么冷，

　　　　春天就要暖洋洋。

十二月：烧吧烧吧烧得旺，

　　　　火焰永远亮堂堂！

六　月：烧吧烧吧烧得响，

　　　　将来白雪都化光。

　　　　这儿整个林子里，

　　　　各种果子到处长。

五　月：蜜蜂造出蜂蜜来，

　　　　多得木槽没法装。

七　月：麦子长得浓又密，

　　　　田野上面一片黄。

十二个月：烧吧烧吧烧得旺，

　　　　　火焰永远亮堂堂！

　　大妞起先不敢到空地上，后来鼓足了勇气，慢慢地从树木后面走出来。十二弟兄停了唱，向她回过脸去。

大　　妞：（鞠了个躬）晚上好。

一　　月：晚上好。

大　　妞：要是我不打扰你们说话，让我烤烤火好吗？

一　　月：（对弟兄们）弟兄们，你们说答应啊还是不答应啊？

二　　月：（摇着头）这堆火旁边，除了咱们，还没外人坐过。

四　　月：坐嘛是没外人坐过。这倒一点儿不假。可人家已经到
　　　　　了咱们这堆火旁边，那就让她烤烤火吧。

五　　月：让她烤吧。让她烤烤火，火堆也不会少点儿热。

十二月：好，过来吧，小美人，过来吧，就留神别把自己给烧了。
　　　　　你瞧我们这火多旺啊。

大　　妞：谢谢您，老爷爷。我不走近它。我就站在一旁。（她
　　　　　向火堆走过去，一路上尽力提防着不碰到别人。到了
　　　　　火堆旁边，烤烤手）多好哇！你们的火多轻多热啊！
　　　　　一直暖到我的心眼儿里了。我一下子都暖和起来了。
　　　　　谢谢你们。

有一会儿大伙不作声。只听见火吱吱响。

一　　月：你手里是什么呀，姑娘，是篮子吗？都大年夜了，还
　　　　　这么大风大雪的，你还来捡松果！

二　月：再说树林子也得休息休息，别把它什么东西都给采光了！

大　妞：我不是自己要来，也不是来捡松果的。

八　月：（笑着说）难道来采蘑菇吗？

大　妞：不来采蘑菇，是来采花。后娘吩咐我来采雪花。

三　月：（笑着捅捅四月的腰）听见没有，老弟，来采雪花哪！那么说她是你的客人了，招待她吧！

大伙儿笑起来。

大　妞：我也想跟着你们一起笑，可我笑不出来。我采不到雪花，后娘不让我回家。

二　月：冬天里她要雪花干什么呢？

大　妞：她要的不是雪花，是金子。我们女王传下旨来，谁送一篮雪花进王宫去，就赏他一篮金子。后娘就吩咐我到树林子里来了。

一　月：你的事情不好办哪，小宝贝。现在还不是开雪花的时候，得等到四月哪。

大　妞：这我也知道，老爷爷。可我没法子。好了，谢谢你们让我烤了火，还问了我好。我要是打扰了，请别生气……（拿起篮子，向树木那儿走去）

四　　月：姑娘你等等，别忙着走！（走到一月身边，向他弯下身子）一月老大哥，你让位给我一个钟头吧！

一　　月：我让给你倒不打紧，可四月跑到三月前头，这种事却没有过。

三　　月：我倒没什么。二月老哥，你说呢？

二　　月：好吧，我让位，我没意见。

一　　月：那好，就依你们吧！（用冻着冰的棍子敲地）

　　　　　严寒严寒你听好，

　　　　　别把林子冻得嘎嘎叫。

　　　　　那些松树和白桦，

　　　　　你再别把它们咬！

　　　　　也别再去冻乌鸦，

　　　　　也别再去冻野猫。

　　　　　人们住在房子里，

　　　　　已经冻得不得了！

树林子里一时静下来。风雪小了。满天星斗。

一　　月：好，这会儿该你来了，二月老弟！（把棍子交给蓬头跛腿的二月）

十二个月

二　月：（用棍子敲地）

　　　　狂风狂风刮起来，

　　　　刮得地动山也摇。

　　　　雪风雪风吹起来，

　　　　呼呼吹他一通宵。

　　　　在地面上狠狠吹，

　　　　在云端里尽呼啸，

　　　　在雪地上盘旋走，

　　　　好像银蛇千万条！

　　树枝间风声响起来。风吹起了地上的雪，打着转转。

二　月：现在该你来了，三月老弟！

三　月：（拿起棍子）

　　　　地上的雪变了样，

　　　　现在有点黑起来。

　　　　湖上的冰嘎嘎响，

　　　　好像被人给敲开。

　　　　天空看去更加高，

　　　　云彩跑得更加快。

　　　　快活小鸟吱吱喳，

　　　　蹲在人家瓦顶盖。

　　　　大小道上积雪化，

路面渐渐露出来。

柳树白花闪银光，

耀得眼睛张不开。

地上的雪忽然发暗，沉了下去。树上水滴下来。这时树上、三月手里的棍子上发起芽来了。

三　月：好，四月老弟，现在你把棍子拿去吧。

四　月：（拿过一下盖上绿色嫩叶的棍子，用童声大声讲起来）

大小河流快泛滥，

大小水坑快溢开。

寒冷冬天过去了，

蚂蚁蚂蚁快出来。

狗熊跨过地上枯树干，

一步一步把腿迈。

小鸟开始唱小曲，

雪花开始长出来！

树林子里跟空地上全变样了。最后那点儿雪化掉。地上铺上了嫩草。树下的土墩出现了蓝花白花。四周的水滴滴答答滴下来，淙淙地流起来。大妞站着看呆了。

四　月：你干吗还站着？快采花呀。我的几个哥哥总共只让给咱俩一个钟头哪。

大　妞：这都是怎么回事啊？难道就为了我，冬天里出来了春天吗？我简直不敢相信自己的眼睛。

四　月：信不信由你，可快采雪花吧。要不冬天回来了，你篮子里还是空空的。

大　妞：我去我去！（跑到树木后面不见了）

一　月：（小声）我一看见她就认出来了。还是今儿白天那条破头巾，还是那双破鞋。我们几个冬天弟兄都很熟悉她。一会儿看见她在冰窟窿旁边提着个桶子，一会儿看见她在树林子里背着捆木柴。她总是那么快活可爱，一边走一边唱着歌。可就是今天，她愁眉苦脸的。

六　月：我们夏天弟兄也一样熟悉她。

七　月：怎么不熟悉！太阳没出来，她已经蹲在田垄旁边拔草，把树枝捆起来，捉毛毛虫了。到树林子里她不乱掰树枝。采果子采熟的，生的留在树上，让它们长熟。

十一月：我不止淋了她一回雨。我可怜她，可没法子，我是秋天的月份哪！

二　月：唉，我也没给过她什么好处。我用风刮她，还冻她。她认得我二月，我二月也认得她。像她这样好的姑娘，冬天里送她一个钟头春天，谁都不会舍不得的。

十二个月

057

四　月：为什么就一个钟头呢？要我跟她一辈子不分开都情愿。

九　月：是啊，这姑娘真好！……做事当家，再找不着比她好的姑娘了。

四　月：好，要是大家喜欢她，我就把我的订婚戒指送给她。

十二月：好嘛，送吧。这是你年轻人的事！

大妞从树木后面出来，手里的篮子装满了雪花。

一　月：已经采满一篮子了？你真是双快手。

大　妞：可那儿雪花多极了。土岗子上上下下，还有那些个矮树林子里、草地上、石头底下、树底下，到处都是！我从来没见过那么多雪花。而且都那么大，秆子毛茸茸，像是天鹅绒的，花瓣又像是水晶的。主人们，谢谢你们的好心肠。要没你们，我就再见不到太阳，再见不到春天的雪花了。我只要活一天就要感谢你们一天，感谢你们给我的每一朵小花儿，感谢你们给我的每一天！（向一月鞠躬）

一　月：你别对我鞠躬，给我弟弟四月鞠躬吧。是他为你求大伙儿，是他给你从雪底下长出雪花来的。

大　妞：（向四月转过身去）谢谢你，四月！我一向喜欢你，现在见到你的面，就永远忘不了你了。

四　月：为了让你的的确确别忘了我，我送你个戒指做纪念。你一看见它就会想到我。要是你出了什么事，你就把它扔在地上，或者扔在水里，扔在雪堆里，嘴里说：

滚吧滚吧小戒指，
滚到春天台阶上，
滚进夏天小门厅，
滚进秋天小板房，
滚进冬天白地毯，
滚到新年火堆旁！

我们一听见，就会来救你的：十二个人一起来，带来雷雨，带来风雪，带来春天的雨水！怎么样，记住了吗？

大　妞：记住了。（跟着念了一遍）

……滚进冬天白地毯，
滚到新年火堆旁！

四　月：好，再见了，把我的戒指保管好。丢了它，也就丢掉我了！

大　妞：不会丢的。我跟它时刻不分开。我把它带走，就像带走你们火堆上的一点儿火星。可是整个大地，都是你们这火堆给烤暖了的。

四　月：你说得对呀，小美人。我戒指里有大火里的一点儿火星。天冷了它能使人暖和，天黑了它能给人亮光，人忧愁了它能给人安慰。

一　月：姑娘，现在请听我说几句话。你碰巧在旧年的末一夜、新年的头一早一下看到了十二个月。八月还得过很久很久才来，可他站在你面前了。四月雪花还有好些日子才开，可你已经装满了一篮子。你是走近道到我们这儿来，可别人来就得走远道，一天又一天地走，一个钟头又一个钟头地走，一分钟又一分钟地走。照规矩是应该那样走的。这条近道你可千万别告诉别人，别指点给别人。这条道是不许人走的！

二　月：你也别告诉别人是谁给了你雪花。我们这样做也是不应该的，这是破例。你可别跟别人夸口说认得我们！

大　妞：我死也不跟别人说！

一　月：那就好。我们跟你说的话，还有你答应过我们的话，你都好好记住了。现在趁我没把风雪放出来，你该回家了。

大　妞：再见了，十二个月！

十二个月：再见了，小妹妹！

　　　　大妞走了。

四　月：一月老大哥，虽然我把我的戒指给了她，可是一颗小星星照不亮整个树林子。请你给求求天上的月亮，让它给她照照道吧。

一　月：(抬起头) 好吧，我给你求求它。可它上哪儿啦？喂——同名朋友，天上的月！打黑云后面露露脸吧！

月亮露出来。

一　月：请你给帮个忙，把我们的这位客人送出树林子，让她早点儿到家吧！

月亮向大妞去的方向飘过去。台上静了一会儿。

十二月：好了，一月老大哥，这冬天里的春天该完了。把你的棍子拿回去吧。

一　月：再等一等。时间还没到。

空地上又亮起来。月亮从树木后面回来，就停在空地上空。

一　月：这么说，把她送到家了？好，谢谢你！四月老弟，现在把棍子还给我吧。时间到了！

打从北方大海的那边，
打从银门的里头，
我要放出三姐妹，
到这儿来走一走！
叫声大姐暴风，

把这火堆吹吹旺，

叫声二姐严寒，

把银水给冻成锅子派用场，

好烧春天的果汁，

好熬夏天的树浆……

叫声最小的妹妹，

暴风雪啊你谨记：

尽管卷吧尽管翻，

大小道儿都堵起。

不管人们步行跟骑马，

一概不让到这里！

他用棍子在地上敲敲。马上响起风雪的呼呼声、咆哮声。
天上云彩飞驰。大雪纷纷，把整个戏台遮住了。

第二场

老太婆的小房子。老太婆跟二妞正在打扮。大妞采来的那篮雪花搁在凳子上。

二　妞：我不跟您说了，给她那个新的大篮子，可您舍不得。现在您只好怨自己了。这个篮子装得了多少金子？一两把金子就装满了。

老太婆：谁想到这死丫头竟活着回来了，还带来了雪花呢？这种事听都没听说过！……我真不明白，她是在哪儿把它们给找到的。

二　妞：您没问她？

老太婆：没来得及细问哪。她回来样子都变了，不像从树林子

里回来，倒像吃了喜酒回来，喜气洋洋，眼睛发光，脸蛋通红。篮子往桌上一搁，就到帘子后面去了。等我看了看篮子里都是些什么，她已经睡着了，熟得像个死人，你甭想把她叫醒。外面都天亮了，可她还在睡。还是我自己生的炉子扫的地。

二　妞：我来叫醒她。您去把您那个新的大篮子拿来，再把这篮雪花倒过去。

老太婆：用那么大的篮子装，不是太空了吗……

二　妞：您放稀松点，看着就挺满了！（把篮子给她）

老太婆：你真是我的聪明小心肝！

　　二妞到帘子后边去。老太婆换个篮子装花。

老太婆：我怎么装才能装得像满满一篮子呢？撒点泥巴下去吗？（拿过窗台上的花盆，把里面的泥巴抖落在篮子里，上面铺上雪花，再从花盆里弄点绿叶子点缀在篮子四边）这就好了。花嘛，花总离不开泥巴。再说花儿虽好，总得绿叶扶持，哪能没叶子呢。我这小丫头看着真像我。咱娘儿俩都说得上是绝顶聪明，聪明绝顶。

　　二妞踮着脚尖从帘子后面跑出来。

老太婆：你看我雪花摆得多像样！

二　妞：（小声）那有什么好看。您倒看看这个！

老太婆：戒指！多好的戒指！你打哪儿来的？

二　妞：打哪儿来的！我过去叫她，她没听见。我抓住她的手，松开她的拳头一看，她指头上有个戒指金光闪亮的。我就偷偷把戒指脱下来，也不叫她了，让她睡吧。

老太婆：哈，原来这么回事！我早就想到了。

二　妞：您早就想到什么？

老太婆：雪花不是她一个人在树林子里采的。有人帮她采。她个没爹没娘的！小心肝，把戒指给我看看。多光啊，多亮啊。我活了一辈子，这样的戒指还没见到过。好，你把它给戴上吧。

二　妞：（死劲儿戴戒指）戴不上。

　　大妞从帘子后面出来。

老太婆：（小声）放口袋里，放口袋里！

　　二妞把戒指塞进口袋。大妞低头看着地上，慢慢地走到凳子旁边，再走到门边，再走到外门厅去。

老太婆：她知道不见了。

　　大妞回来，走到那篮雪花旁边，在花里翻。

老太婆：你干吗把花给弄乱了？

大　　妞：我装雪花回来的篮子呢？

老太婆：你找它干吗？那不是！

大妞在篮子里找。

二　　妞：我说你到底找什么呀？

老太婆：咱们家也出了个会找东西的啦。这么寒冬腊月，谁听说过能找到那么多雪花呀！

二　　妞：亏她还说冬天没雪花哪。你打哪儿把它们给找来的？

大　　妞：树林子里。（弯腰往凳子底下瞧）

老太婆：你倒给好好说说，你一个劲儿到底在找什么呀？

大　　妞：你们在这儿没找到什么东西吗？

老太婆：我们什么也没丢，我们能找到什么呢？

二　　妞：那准是你丢东西了。丢了什么又不敢说出来。

大　　妞：你知道了？你看见啦？

二　　妞：我知道个屁？你什么也没跟我说过，什么也没给我看过。

老太婆：你说出来丢了什么，不定我们能帮你找回来！

大　　妞：（好不容易说出来）我丢了个戒指。

老太婆：戒指？你可是从来也没有过戒指啊。

大　妞：是我昨天在树林子里捡的。

老太婆：嘿，你倒真有这个福气！又找到了雪花，又找到了戒指。我就说你是个会找东西的嘛。好，你就找你的吧。我们可得进王宫了。小心肝，你穿暖和点儿，外面可冷死人哪。

　　　　她们两个穿衣服打扮。

大　妞：你们要我的戒指有什么用？把它还给我吧。

老太婆：你怎么啦，疯了吗？我们打哪儿拿你戒指啦？

二　妞：我们见都没见过。

大　妞：妹妹，我的好妹妹，我的戒指在你那儿！我知道。好了，别跟我闹了，还给我吧。你现在就进王宫去。到了那里，他们要给你满满一篮金子，那时候你要什么就买什么，可我就这么一个戒指。

老太婆：你跟她缠什么？看样子这戒指一准不是捡来的，是人家送给你做个长久纪念的。

二　妞：你说，是谁送的？

大　妞：没人送。捡来的。

老太婆：哼，捡来这么容易，丢了也不心疼。这不比挣来的。

小心肝，你拿着篮子。王宫里不定等着咱们了！

老太婆跟二妞走了。

大　妞：等一等！娘！……妹妹！……（她们连听都不听）现在我怎么办，有苦跟谁去说呢？十二个月那么远，没戒指就找不着他们。谁还能给我帮忙呢？难道进王宫跟女王去说吗？雪花可是我给她采来的。大兵叔叔说她没爹没娘。没爹没娘的也许会可怜没爹没娘的吧？不，我空着手，没带着我采来的雪花，他们不会让我到她那儿的……（坐在灶前，瞧着火）就像什么事都没有过一样。就像一场梦。花没了，戒指没了……我从树林子里拿回来的，就剩些树枝！（把一把树枝扔到火里）

　　　　烧吧烧吧烧得旺，

　　　　火焰永远亮堂堂！

　　这时炉子里火旺起来，吱吱地响。

大　　妞：瞧这火烧得又旺又欢！我好像又回到了树林子里，回
　　　　到了火堆旁边，坐在十二个月中间了……再见了，我
　　　　的新年幸福！再见了，十二个月！再见了，我的四月！

第三幕

———✦✦✦———

王宫里的大殿。大殿正当中是装饰得辉煌夺目的新年松树。通往女王内室的门前，挤满了服装华丽的客人，正在等女王出来。客人当中，有西方国大使，有东方国大使。乐师们奏着欢迎乐曲。门里先出来些朝臣，然后女王由首相和又高又瘦的女侍从长陪伴着走出来。女王后面是些侍童，捧着她的长裙裾。再后面是教授，毕恭毕敬地迈着碎步子。

大殿里所有的人：恭贺陛下新年快乐！恭祝陛下新年幸福！

女　王：不管新年旧年，我反正一样幸福，可新年还没到哇。

大伙愣住了。

首　相：可是陛下，今天是一月一日呀。

女　王：您错了。（问教授）十二月有几天？

教　授：不多不少，刚三十一天，陛下！

女　王：那今天是十二月三十二。

女侍从长：（跟大使们说话）新年新岁，陛下她说的这句笑话
　　　　妙极了！

　　大伙儿笑起来。

卫队长：这句笑话俏皮极了。真真正正是女王式的。我说得对吗，
　　　　皇家检察长大人？

检察长：真是俏皮到极点了！

女　王：不对，我根本不是说笑话。

　　大伙一下住了笑。

女　王：明天是十二月三十三，后天是十二月三十四，大后天
　　　　是……是三十几呢？（叫教授）您给往下说！

教　授：（傻了）十二月三十五……十二月三十六……十二月
　　　　三十七……可这是不可能的，陛下！

女　王：您——又来了？

教　授：是的，陛下，又来了又来了！您能砍我脑袋，您能把
　　　　我关起来，可十二月三十七是不可能有的！十二月只

有三十一天！不多不少，三十一天。这是科学证明了的！再说八乘七呢，陛下，是五十六，八乘八呢，陛下，是六十四，这也是科学证明了的！对我来说，科学比脑袋宝贵多了！

女　王：好了好了，我的好教授，您别着急。这回我恕您无罪。我在哪儿听说过，国王有时候也爱人家跟他讲讲真话。可不管怎么说，一天没有人给我送上满满一篮雪花来，十二月就一天完不了！

教　授：随您怎么说吧，陛下，雪花是没人会送来的！

女　王：咱们瞧吧！

大家乱了谱。

首　相：启奏陛下，请让我向陛下您介绍，这两位是刚到的友邦特派大使——西方国大使和东方国大使。

两个大使上前行礼。

西方国大使：陛下，我们西方国国王特派我来向您拜年。

女　王：要是在你们国家新年已经到了，那请您也代我向他拜年。可在我这儿，您也看到了，今年新年来晚了！

西方国大使个儿高，脸刮得光光的。他听了女王这番话觉得稀里糊涂，轻盈地鞠了个躬，退到一旁。

东方国大使：（个儿矮胖，留把长长的黑胡子。向女王行了礼）
　　　　　　我们东方国苏丹王派我来向陛下您致敬，并且祝贺
　　　　　　您……

女　　王：祝贺我什么呢？

东方国大使：（顿了一下）祝贺您结结实实，身强力壮，人小聪明，
　　　　　　天下无双！

女　　王：（跟教授说话）人小聪明，天下无双！听见没有？可您呢，
　　　　　　还老要教我这个那个的。

教　　授：陛下，连圣人都活到老学到老。

女　　王：他们一准是没事儿做！可国王呢，不学都够忙的了。

　　　　　教授叹气鞠躬。女王坐上王位，招手叫首相过去。

女　　王：雪花到这会儿还不送来，到底怎么回事儿啊？我下的
　　　　　　圣旨，京城里是不是人人都知道了？

首　　相：陛下，您吩咐的都办好了。雪花马上就献上来给陛下您。
　　　　　　（摇摇手绢）

　　门儿敞开，进来一大队园丁，捧着各式各样的花，有一篮一
篮的，有一瓶一瓶的，有一把一把的。御花园总管神气活现，满
脸络腮胡子。他送给女王一大篮玫瑰花。其他园丁把些郁金香
花、水仙花、兰花、绣球花、杜鹃花等等花都给放在王位旁边。

女侍从长：五颜六色，多好看哪！

西方国大使：今儿真是百花生日！

东方国大使：这真是玫瑰中的女王！

女　王：这里头有雪花吗？

首　相：很可能有！

女　王：请您给我找出来！

首　相：（哈着腰，戴上眼镜，心中无数地一篮一篮花去看，
　　　　最后采了一朵芍药花、一朵绣球花）这两朵花里头，
　　　　我想总有一朵是雪花。

女　王：哪朵呢？

首　相：您爱哪朵，哪朵就是了，陛下！

女　王：废话。（跟教授说）您说呢？

教　授：植物我只知道拉丁名字。我记得，这种是"别奥尼亚·阿
　　　　尔比弗洛拉"，这种是"海德兰吉亚·俄普洛伊迭斯"。

园丁们不高兴，大摇其头。

女　王："俄普洛伊迭斯"？嗐，它听着挺像什么"我不乐意写
　　　　字"。（问园丁们）你们倒说说，这两朵是什么花！

园　丁：陛下，这朵是绣球花；这一朵呢，陛下，是芍药花！

女　王：我不要芍药花！我要雪花。这里有雪花吗？

园　丁：御花园里怎么能有雪花呢，陛下……雪花是野花，是
　　　　毒草！

女　王：那它们长在哪儿？

园　丁：陛下，长在它们该长的地方。（一脸瞧不起这种花的样子）
　　　　在树林子里，在土岗子底下！

女　王：那你们到树林子里，到土岗子底下去把它们给我采来！

园　丁：遵旨，陛下！可是您别生气，这会儿树林子里没雪花。
　　　　不到四月它们可是不开花的。

女　王：怎么，你们都串通好了？净听见四月四月的！我再不
　　　　要听了。我今天要得不到雪花，就有人得丢脑袋！（跟
　　　　皇家检察长说话）依您看，我得不到雪花是谁的不是？

检察长：陛下，依我看是御花园总管的不是！

御花园总管：（跪了下来）陛下，我只用脑袋负责御花园里的
　　　　花草树木！负责树林子里花草树木的是树林子总管！

女　王：很好。我要是得不到雪花，就把你们两个人（手在空
　　　　中一比画）砍头！首相，您给吩咐下去，把判决书先
　　　　准备好。

首　相：噢，陛下，我样样准备好了。只要签个名盖个章就行了。

十二个月

075

这时候门打开，皇家卫队的军官走进来。

卫队军官：启奏陛下，遵照陛下您的圣旨，雪花到王宫里来了！

卫队长：怎么，自己来了？……

卫队军官：不不不！是两个没封号没头衔的人把它们送来了！

女　王：把他们叫进来，这两个没封号没头衔的人！

　　　　老太婆跟二妞进来。二妞手里拿着那篮雪花。

女　王：（站起身子）过来过来！（向篮子跑过去，揭开篮子
　　　　上的布）这就是雪花？

老太婆：不是雪花还能是什么呀，陛下！瞧它们多新鲜，才
　　　　从树林子里的雪堆底下采来的！还是我们亲手采的
　　　　哪！

女　王：（掏出两大把雪花）这才是真正的雪花，可不是你们
　　　　那些个——那些个什么呀——"我不乐意写字"，或
　　　　者芍药花！（把一束花别在胸前）今天让大家在纽孔
　　　　里、衣服上一律别上雪花。其他花我一概不要看见。（跟
　　　　园丁们说）去你们的吧！

御花园总管：（兴高采烈地）谢谢您，陛下！

　　　　园丁们拿起他们的花走了。女王给所有客人们分雪花。

女侍从长：（把雪花别在衣服上）我一看到这些可爱的小花，

就想起小时候在公园里那些小道儿上跑……

女　王：您也小过，还在公园里那些小道儿上跑过？（笑）那

一定挺滑稽。真可惜我那时候还没生下来！这朵给您，

皇家卫队长。

卫队长：（接过女王的雪花）谢谢您，陛下。我要把这朵贵重

的花珍藏在一个金盒子里。

女　王：还是倒一玻璃杯水，把它放进去好！

教　授：陛下，这回您就完全说对了。倒一玻璃杯没煮过的凉水，

把它放进去。

女　王：我从来是对的，教授。所以这一回您错了。这一朵雪

花给您，虽然依您说，它们冬天是没有的。

教　授：（定睛看着雪花）谢谢您，陛下……是没有的！

女　王：唉，教授哇教授！您要是个普通的女学生，这么顽固，

我可就要罚您站壁角了。站那个站这个倒无所谓。就

得这么办！……这一朵给您，皇家检察长。把它别在

您的黑袍子上吧，这样您看起来就稍微愉快些了！

检察长：（把雪花别到黑袍子上）新年礼物没有比这再好的了，

陛下。

女　王：那好。我一年送您一朵花。明年送勿忘我花，后年送雏菊花，大后年送蝴蝶花，大大后年送"俄普洛伊迭斯"，"我不乐意写字"。拿它们当徽章。好，怎么样，都别起来了吗？都别了？那好极了。在我这个国家里，现在新年开始了。十二月过去了。你们可以跟我拜年了！

全　体：祝贺陛下新年快乐！祝贺陛下新年幸福！

女　王：大家快乐，大家幸福！把新年松树点起来吧！我想跳舞了！

新年松树上的灯光亮了。音乐奏了起来。西方国大使庄严恭敬地向女王鞠躬，请她跳舞。女王把手伸给她。跳舞开始了。女王跟西方国大使跳，女侍从长跟皇家卫队长跳。一对对跳舞的人跟着跳起来。

女　王：（一面跳舞，一面跟西方国大使说话）亲爱的大使，您不能给我那位侍从长绊上一脚吗？她要能在大殿当中吧嗒摔一跤，那就太有意思了。

西方国大使：对不起，陛下，您的意思我好像还没完全明白……

女　王：（跳着舞）亲爱的侍从长，我说您得留点儿神！您的长裙子碰上新年松树，好像都着火了……对了，您烧起来了，烧起来了！

女侍从长：我烧起来了？救命啊！

卫队长：着火了！快把所有的消防队都给叫来！

女　王：（哈哈大笑）没烧没烧，是我开的玩笑。祝贺四月一日愚人节！

女侍从长：怎么又四月一日了？

女　王：雪花不是开了吗！……好，跳舞吧，跳舞吧！

女侍从长：（越跳离女王越远，就对皇家卫队长说话了）唉，我真怕咱们圣上今儿又想出什么鬼主意来！她什么都会想出来的。这个没教养的小丫头！

卫队长：侍从长夫人，她可是您给教养出来的！

女侍从长：唉，我拿她有什么法子！她跟她爹娘一模一样。像她娘那么任性，像她爹那么异想天开。冬天她能要雪花，夏天就能要冰柱了……

女　王：我跳舞跳腻烦了！

　　大家一下子都停下。女王回她王位。

老太婆：我们娘儿俩给陛下您拜年了，恭喜恭喜！

女　王：哦，你们还在这儿？

老太婆：可不是吗，还在这儿。拿着空篮子在等着哪。

女　王：哦，对了。首相，吩咐下去，给她们装上一篮金子。

首　相：一篮吗，陛下？！

老太婆：就跟圣旨上说的那样，大人。送多少花，给多少金子。

首　相：可是陛下，她们篮子里泥巴比花还多哪！

老太婆：没泥巴花就活不了，大人。

女　王：（问教授）这话当真吗？

教　授：一点儿不假，陛下，可要科学点该这么说：植物需要
　　　　土壤！

女　王：送来雪花赏金子，可我这个国家里的泥巴，或者——
　　　　您叫它什么？土壤？——或者土壤，本来就是我的。
　　　　皇家检察长大人，我没说错吧？

检察长：一点儿不错，陛下！

　　　　首相拿过篮子，出去了。

女　王：（趾高气扬地把大伙儿看来看去）瞧，四月没到，可
　　　　雪花已经开了。我的好教授，现在您还有什么话说？

教　授：我现在还以为这是不对头的！

女　王：不对头？

教　授：不对头。不合时令，不正常。

西方国大使：陛下，这的确是件天下奇闻，妙不可言。倒叫人真想知道，在一年最冷的时候，这两位夫人小姐是在哪儿，又是怎么找到这些美丽的春天花朵的。

东方国大使：这个稀奇的故事，我正在洗耳恭听哪！

女　王：（问老太婆跟二妞）你们给讲讲吧，这些花是在哪儿找到的。

老太婆跟二妞哑口无言。

女　王：你们怎么不开口哇？

老太婆：（跟二妞说）你讲吧。

二　妞：您自己讲吧。

老太婆：（上前一步，咳嗽两声，清了清嗓子，鞠躬行礼）我说陛下哪，这件事讲讲可不难，难的可是在树林子里找雪花。我跟女儿一听到陛下您的圣旨，心里就琢磨了，宁可性命不要，活活冻死，可陛下您吩咐的一定得做到。我们一人拿了一把扫帚、一把铲子，就到树林子里去了。我们用扫帚扫出路来，用铲子铲掉雪堆。树林子里那份黑，树林子里那份冷啊……可我们一个劲儿地走哇走，树林子连个边都看不见。我回头瞧瞧女儿，她整个人都冻僵了、手直哆嗦。哎哟，我心里想，我们俩准得完……

女　王：唔，后来怎么样？

老太婆：后来吗，陛下，后来更糟糕了。雪堆越来越高，天气越来越冷，树林子越来越黑。连我们都记不起来是怎么走到那儿的。简短捷说，我们是爬着到那儿的……

女侍从长：（拍着手）爬着到那儿？噢，多吓人。

女　王：别打岔，侍从长！你说下去吧。

老太婆：是，陛下。我们一个劲儿爬呀爬呀，总算爬到了那儿。那地方真是太美了，叫我形容都形容不出来。雪堆比树还高，中间有个湖，滴溜儿圆，像个盘子。湖里的水没冻上，上面雪白的小鸭子还游来游去，湖边净是花，多得了不得……

女　王：都是雪花吗？

老太婆：什么花都有，陛下。有些我连见都没见过。

　　　首相拿进来一篮金子，搁在老太婆跟二妞身边。

老太婆：（眼睛老对金子望）地上整个儿就像铺了一条鲜花的地毯。

女侍从长：噢，这一定美极了！花呀，鸟哇！

女　王：什么鸟？鸟她根本没说。

女侍从长：（挺不好意思）小鸭子。

女　王：（问教授）鸭子是鸟吗？

教　授：是泳禽，会游水的鸟，陛下。

卫队长：那儿也长着蘑菇吧？

二　妞：蘑菇？长着哪！

检察长：浆果呢，也长着吧？

二　妞：草莓呀，越橘啊，黑莓呀，树莓呀，绣球花果啊，花楸果啊……

教　授：怎么？雪花、蘑菇、浆果同时有？不可能！

老太婆：就是这点稀罕，大人，这里不可能，那里可能。花呀，蘑菇哇，浆果啊，一朵朵一个个都像挑选过的。

西方国大使：那儿有李子吗？

东方国大使：有核桃吗？

二　妞：要什么有什么！

女　王：（拍着手）那太妙了！你们马上到树林子里去，给我拿些个草莓、核桃、李子来！

老太婆：陛下您开开恩吧！

女　王：怎么？你们不肯去？

老太婆：（冤声冤气）上那儿路可远着哪，陛下！

女　王：远什么，我昨天下的圣旨，你们今天就把花给送来了。

老太婆：陛下您说得是不错，可我们在半路上差点儿都冻死了。

女　王：冻死？不要紧。我吩咐给你们暖和的皮袍子。（给侍
　　　　从长做手势）拿两件皮袍子来，快点。

老太婆：（小声问二妞）怎么办？

二　妞：（小声回答）咱们叫她去。

老太婆：（小声问）她能找到吗？

二　妞：（小声回答）能找到！

女　王：你们嘀咕些什么？

老太婆：我们在诀别哪，陛下……您让我们去采这些个东西，我
　　　　们都不知道能回来呀，还是死在那里。哎，有什么法
　　　　子哪？我们一定得给您办到。您吩咐给我们一人一件
　　　　皮袍子吧。我们一准去。（提起那篮金子）

女　王：皮袍子就给你们，金子可得先留下。你们回来，两篮
　　　　金子一起拿！

　　　　老太婆把篮子搁地上，首相把它挪开点。

十二个月

085

女　王：你们可得快点回来。我今天这顿新年晚饭就得吃草莓、李子、核桃。

　　　　侍从们给老太婆跟二妞拿来皮袍子。她们穿上了，互相看来看去。

老太婆：谢谢陛下您的皮袍子。穿上这个，就是再冷都不怕了。它们虽然不是银狐皮的，可也挺暖和。再见了，陛下，等着我们把核桃跟浆果拿回来吧。（跟二妞鞠过躬，急急忙忙往门口走）

女　王：等一等！（拍拍手）把我的皮袍子也给我拿来！把大家的皮袍子都拿来！吩咐备马。

首　相：您上哪儿啊，陛下？

女　王：（差点没跳起来）咱们上树林子，上这个滴溜儿圆的湖那儿去，上雪地里采草莓去。它们在那里看着准像冰淇淋杨梅……去吧！去吧！

女侍从长：我就知道有这一招……亏她想出来这么个好主意！

西方国大使：新年娱乐，没有比这更好的了！

东方国大使：这样的好主意，只有哈仑－阿尔－拉希德①能想出来。

_____

①哈仑－阿尔－拉希德是古代阿拉伯的一个君主，《天方夜谭》里写到过他。

女侍从长：（穿上皮袄皮袍）多好哇！多有趣呀！

女　王：让她们俩坐头一辆雪橇，给我们带路。

　　　大家动身向门口走。

二　妞：哎呀！咱们坏了。

老太婆：（小声）你别响！……我说陛下！

女　王：什么事？

老太婆：陛下您先别忙。请让我说句话。

女　王：什么话？

老太婆：陛下您可不能去！

女　王：这又是为什么？

老太婆：树林子里都是雪堆，人走也走不过去，坐雪橇也通不
　　　　过去！雪橇要给陷住的！

女　王：哼，你们用扫帚铲子能开出小道来，他们就会给我开
　　　　出大道。（跟卫队长说话）带一团人进树林子，扫帚
　　　　铲子都带着。

卫队长：遵旨，陛下！

女　王：好了，都准备好了吗？咱们走。（向门口走）

老太婆：我说陛下。

女　王：我再不要听您说话了。有话到湖那儿再说吧。您就用手给指指路得了！

老太婆：指什么路哇，陛下！湖都没了！……

女　王：怎么没了？

老太婆：没了就是没了！……我们还在那儿，湖就冻没了。

二　妞：都给雪埋上了。

女侍从长：小鸭子呢？

老太婆：飞了。

卫队长：你们还说在游水哪！

西方国大使：那草莓呢，李子呢？

东方国大使：核桃呢？

老太婆：都给雪埋起来了！

卫队长：蘑菇多少总留下一点儿吧？

女　王：哪怕干的！（凶巴巴地对老太婆说）我看你们在跟我开玩笑！

老太婆：我们怎么敢哪，陛下！

首　　相：陛下，这两个骗子应该锁起来关到牢里。我一眼就看
　　　　　出来了，她们就想骗咱们满满一篮金子。

女侍从长：陛下，我也一猜就猜出来了，这两个骗子是想骗咱
　　　　　们。天底下哪有油鸡从地里长出来的？听都没听说过。
　　　　　地里能长油鸡，那不定还能长烤鸭、香肠、火腿哪！

教　　授：她说的不是油鸡，火腿夫人，她说的是越橘。

女侍从长：我不是火腿，我是侍从长！

教　　授：哦，对不起，我搞错了。侍从长夫人，越橘是一种野
　　　　　生的浆果。它们生长在树林子里，当然，是生长在夏
　　　　　天而不是冬天。请您别生气，陛下，可我早跟您说过了，
　　　　　依咱们这里的气候，这里冬天是没有浆果，没有核桃，
　　　　　没有雪花的。

女　　王：（把胸前那束花扯下来）那这是什么？

教　　授：（低着嗓）雪花！

老太婆和二妞：是雪花，陛下，是雪花！才新鲜哪，刚从树林
　　　　　子里采回来的！

女　　王：（坐上王位，裹紧了皮袍子）好吧，这好办。你们要
　　　　　不说出来，雪花是打哪儿弄到的，明儿就砍你们脑袋。
　　　　　不，今天就砍，马上就砍！（问教授）您这话是怎么说的：

今日事……

教　授：今日毕，陛下！

女　王：一点儿不错。（跟老太婆和二妞说话）好，回答吧！
可只能说真话。有半点儿假话就饶不了你们。

皇家卫队长抓住剑柄。老太婆跟二妞跪倒在地。

老太婆：（哭）我们也不知道是打哪儿弄到的，陛下！

二　妞：一点儿也不知道。

女　王：这怎么会！采来满满一篮雪花，可不知道是在哪儿
采的？

老太婆：不是我们采的！

女　王：啊，原来这么回事。不是你们采的，那是谁采的呢？

老太婆：是我继女儿采的，陛下！是她这死丫头给我到树林子
里去了一趟，把雪花给采回来的。

女　王：进树林子是她，进王宫是你们？你们怎么不把她带
来呀？

老太婆：她得在家待着，陛下，门总得有人看哪。

女　王：该你们看门，让这死丫头来。

老太婆：怎么能让她来呢！她就像树林子里的小野兽，怕咱们人。

女　王：那么让她带路进树林子，带路到雪花那儿，你们那只小野兽能行吗？

老太婆：那没错儿，准能行。找到一回路，第二回就不成问题了。就不知道她可愿意……

女　王：我吩咐她敢不愿意？

老太婆：我们这个丫头脾气可拧哪，陛下。

女　王：我脾气也够拧的。倒看看谁拧得过谁！

二　妞：她要不听您的话，陛下您就砍她脑袋！这就完了！

女　王：砍谁脑袋不用你吩咐。（从王位上站起来）好，大家

听着：咱们一起进树林子去采雪花、草莓、李子跟核桃。（跟老太婆和二妞说话）现在给你们最快的马，你们回家，带了你们那只小野兽来赶上我们。

老太婆和二妞：（鞠躬）是，陛下！（就想走）

女　王：等一等！……（吩咐卫队长）派两个兵拿枪看着她们……不，四个，让这两个骗子别想溜掉。

老太婆：噢，我的老天爷！……

卫队长：遵旨，陛下。她们到我手里，可要知道干蘑菇是长在哪儿的！

女　王：很好。给咱们一人拿一个篮子来。给教授一个最大的。让他瞧瞧，在我的气候里，雪花是怎么在一月里开花的！

第四幕

第一场

　　树林子。圆形的湖。湖上冻了冰，当中有个黑窟窿。一个个高高的雪堆。松树和云杉枝头上露出两只松鼠。

松鼠甲：你好，松鼠！

松鼠乙：松鼠，你好！

松鼠甲：祝你新年幸福！

松鼠乙：祝你新年快乐！

松鼠甲：祝你穿新皮袍！

松鼠乙：祝你长新的毛！

松鼠甲：送你个松果过年！（扔给松鼠乙）

松鼠乙：还你个云杉果过年！（扔给松鼠甲）

松鼠甲：送你个松果！（扔来）

松鼠乙：还你个云杉果！（扔去）

松鼠甲：送你个松果！

松鼠乙：还你个云杉果！

老　鸦：（在上面）呱呱！你们好哇，二位松鼠！

松鼠甲：你好，老鸦爷爷，祝你新年幸福！

松鼠乙：老鸦爷爷，祝你新年快乐！你好哇？

老　鸦：还那——样。

松鼠甲：老鸦爷爷，你过了几个新年了？

老　鸦：一百零八个了。

松鼠乙：嘿！老鸦爷爷，你可是位老老鸦了！

老　鸦：该去见阎王爷了，可阎王爷没工夫见我！

松鼠甲：天底下什么事你都知道，这是真的吗？

老　鸦：这话倒不假。

松鼠乙：那好，你看见过的都给我们讲讲吧。

松鼠甲：你听到过的都给我们讲讲吧。

老　鸦：那要讲多久哇！

松鼠甲：你就简短捷说吧！说得短点儿。

老　鸦：短点儿？呱！

松鼠乙：太短了，长点儿！

老　鸦：呱，呱，呱！

松鼠甲：你们的老鸦话我们听不懂。

老　鸦：那你们就学点外国话。学吧学吧！

　　兔子跳到空地上来。

松鼠甲：你好，短尾巴！祝你新年幸福！

松鼠乙：祝你新年快乐！

松鼠甲：祝你碰到新下的雪！

松鼠乙：祝你遇到新的天寒地冻！

兔　子：冻什么！我都热坏了。雪在我爪子底下一个劲儿化
　　　　开……我说松鼠,松鼠哎,你们没看见咱们那大灰狼吗？

松鼠甲：你问它干什么？

松鼠乙：你找它干什么？

兔　子：不是我找它，是它找我！我躲哪儿好呢？

十
二
个
月

095

松鼠甲：你爬到我们的树窟窿里来吧，我们这儿又暖和，又软，

又干燥，还不会进狼肚子。

松鼠乙：蹦吧，兔子，蹦上来呀！

松鼠甲：跳吧，兔子，跳上来呀！

兔　子：我可没心思开玩笑。狼在追我，它磨利牙齿，想要吃我。

松鼠甲：你可真不妙哇，兔子。你快逃吧。那儿雪掉下来，矮

树一动一动，没错，狼真来了。

兔子躲起来不见了。雪堆后面狼走来。

狼　：长耳朵它在这儿，我闻到了！这回它别想逃掉，也别想躲

开。松鼠，松鼠哎，你们没看见兔子吗？

松鼠甲：怎么没看见？它到处找你，整个树林子都找遍了，逢

人就问：大灰狼在哪儿，大灰狼在哪儿？

狼　：哼，我倒让它看看大灰狼在哪儿！它往哪头走的？

松鼠甲：那头。

狼　：那脚印怎么不通那头哇？

松鼠乙：如今它跟脚印分道扬镳了。脚印上这头，它上那头！

狼　：瞎说，你们这两只啃核桃、甩尾巴的小鬼！等着吧，瞧

你们再敢笑话我！

老　鸦：（从树梢上传来）呱，呱！别骂人了，大灰狼，趁还有命，
　　　赶快逃吧！

　狼　：别吓唬我，老坏蛋。上了两回当，第三回就不信你那套
　　　了……

老　鸦：听不听由你，可大兵们上这儿来了，还拿了铲子！

　狼　：你骗别人去吧。我就在这儿守着兔子不走！

老　鸦：大大一团人哪！

　狼　：我听都不要听！

老　鸦：不是一团，是大大一旅！

　　狼抬起头来大嗅特嗅。

老　鸦：哎，谁的话真？这回相信了吧？

　狼　：我可不是相信你，我是相信我的鼻子。老鸦呀老鸦，
　　　我的老朋友，我躲到哪儿去好呢？

老　鸦：跳到冰窟窿里去吧！

　狼　：要淹死的！

老　鸦：那就是你的出路！

　　狼肚子贴地，爬过全台。

老　鸦：怎么，老弟，你害怕了？这会儿肚子贴地爬了？

狼　：我天不怕地不怕，就怕人。人我不怕，就怕木棍。木棍不怕，就怕枪！

　　　狼溜走了。台上静了半晌。跟着传来了脚步声、人声。皇家卫队长从陡岸一直滑到冰上来，摔了一跤。跟着教授也滑下来了。

教　授：您好像摔了一跤？

卫队长：没的事，我不过躺下来歇会儿。（唉声叹气地站起来，揉着膝盖）我好久没打冰山上滑下来了。少说也有六十年。我的好教授，依您看这是个湖吗？

教　授：毫无疑问，这个地方凹下去，里面装着水。十有八九是个湖。

卫队长：而且滴溜儿圆。您看它不是滴溜儿圆吗？

教　授：不，这不能说它滴溜儿圆。还不如说它是鸡蛋形，或者说得更科学点儿，是椭圆形。

卫队长：可能我不知道怎么看更科学，可是依普通眼光看来，它圆得像个盘子。所以我想，我们要找的就是这个湖。（往上喊）喂，你们在上面的听着，赶快去启奏女王陛下，说那个湖找到了，像个盘子，滴溜儿圆的！

教　授：（也往上喊）椭圆形的！

卫队军官：（从上面喊下来）什么？突眼睛的？

教　授：（往上喊）椭圆形的！

卫队军官：倒……倒……倒眼睛的……我就试试看照着您的话禀告陛下吧。

卫队长：您照我吩咐的禀告。滴溜儿圆，像个盘子。让卫队马上清出一条道上这儿来！

　　卫队拿着铲子扫帚来了。他们很快就清出一条道，从上面通到湖上，铺上了条毯。女王顺着条毯滑下来，后面跟着女侍从长、两个大使和其他客人。

女　王：（问教授）教授，您说树林子里住着野兽，可我到这会儿还一只没见………它们在哪儿啊？您找只给我看看吧！快点！

教　授：我想它们都睡了，陛下……

女　王：这么早就睡了？天还没黑哪。

教　授：有许多睡得还要早，秋天就睡了，一直要睡到春天化雪的时候。

女　王：这里的雪多厚哇，就像永远化不了似的！我想天底下的雪堆，再没有比这些高的了。天底下的树木，再没

十二个月

099

有比这些古怪，比这些弯曲的了。这儿我倒真喜欢！（问女侍从长）您说呢？

女侍从长：当然喜欢，我的陛下。我一生下来，大自然就使我发疯了！

女　　王：我正是那么想，您一生下来，自然就是发疯的了！唉，亲爱的侍从长，我真可怜您！

女侍从长：可我根本不是这个意思，陛下。我是说我一生下来就爱大自然，简直爱得发疯了！

女　　王：可它一定不太爱您。您拿镜子照照吧。鼻子都青得发黑了。快用皮手笼把它给捂起来吧！

女侍从长：谢谢您，我的陛下！您关心我真是胜过了关心自己。我怕陛下您的小鼻子也有点儿发青了……

女　　王：还用说！我冷了。快给我皮袄！

女侍从长和宫女们：请也给我一件！给我一件！给我一件！

　　就在这时候，有个清道的大兵先脱下身上的斗篷，再脱下皮领上衣。别的大兵都跟着脱衣服。

女　　王：你们倒给我说说，这可是怎么回事儿。我们冷得半死，可这些人连上衣都脱了。

教　　授：（直哆嗦）这——这——这……这好解释。加快运动可以帮助血液循环。

女　王：运动，血液循环……我一点儿也听不懂……还是把这些兵给我叫过来吧！

两个兵走过来，一老一少。年轻的那个没胡子，他赶紧用手套擦了擦脑门上的汗，然后立正。

女　王：你说，为什么你擦脑门？

年轻的大兵：我错了，陛下！

女　王：不，我问你为什么擦脑门？

年轻的大兵：因为糊涂，陛下！请您别生气！

女　王：我根本没生你的气。大胆回答我：为什么擦脑门？

年轻的大兵：（莫名其妙）因为热刺忽啦的呗，陛下！

女　王：什么？热刺忽啦的，这是什么意思？

老　兵：这是我们的土话，陛下，他热了。

女　王：你也热吗？

老　兵：哪还有不热的！

女　王：为什么？

老　兵：因为用了斧子，用了铲子，用了扫帚呗，陛下！

十二个月

女　王：真的吗？你们听见没有？侍从长、首相、皇家检察长，
　　　　你们快拿斧子吧！给我来把扫帚！扫帚、铲子、斧子，
　　　　谁爱拿什么就拿什么吧！

卫队长：侍从长夫人，请让我来告诉您怎么拿铲子。掘地可是
　　　　这样的，这样的！

女侍从长：谢谢您。我很久没掘地了。

女　王：您还掘过地？

女侍从长：可不是吗，陛下，我还有挺好看的绿色小桶和小铲
　　　　子哪。

女　王：您怎么从来没给我看过？

女侍从长：哎呀，我三岁就在花园里把它们给丢了……

女　王：照这么看，您不但生下来自然就发疯，而且生下来自然就没头脑了。快拿扫帚吧，别把它给丢了。它可是公家的！

西方国大使：您吩咐我们做什么呢，陛下？

女　王：大使阁下，您在贵国爱玩什么运动呢？

西方国大使：陛下，我网球打得挺不坏哪。

女　王：好，那您拿铲子吧！（问东方国大使）那您呢，大使阁下？

东方国大使：在我黄金的青年时代里，我爱骑阿拉伯马蹦蹦跳跳。

女　王：蹦蹦跳跳？那您就蹦蹦跳跳，踩出条道儿来吧！

　　东方国大使双手一摊，走到一旁。除他以外，大伙儿掘地。

女　王：真不假，这下暖和些了。（擦擦头上的汗）我都热刺忽啦的了！

女侍从长：噢！

　　大伙儿听了也都惊奇得停了活儿，看着女王。

女　王：我说错了吗？

教　授：没错，您说得完全对，陛下，可我大胆说一句，您说这种话跟您的尊贵身份很不相称，这种话是老百姓说的。

女　王：那有什么，女王应该懂得老百姓的话！每回上文法课以前，您都这么跟我说的！

女侍从长：哎哟，教授哇教授！您说话太不谨慎了！……

检察长：我敢说一句，说话这样不谨慎是很危险的！

教　授：我说的这句话，陛下她复述得怕不十分对……

卫队长：那您说话就别拐弯抹角的。就拿我说吧，我说起来总是：一，二，开步——走。我的话谁听了都懂。

女　王：（丢下扫帚）一，二，大家把扫帚铲子都扔下！我扫雪扫腻烦了！（问皇家卫队长）给咱们带路找雪花的那两个女人呢？

检察长：我怕这两个犯罪的家伙把押送的人给骗过，躲起来了。

女　王：皇家卫队长，您得用脑袋担保她们！她们要是过一分钟再不来呀……

　　铃响。马叫。矮树林子里走出来老太婆、二妞、大妞。四个卫兵围着她们。

卫队长：她们来了，陛下！

女　王：到底来了。

老太婆：（东张西望，自言自语）哎呀见鬼，真是个湖！这真

104

叫错说正着!(跟女王说话)陛下,我把继女儿给带来了。见了她可请您千万别生气。

女　王:把她带过来。啊,原来你是这么个模样儿!我先还以为是浑身长毛,弯着两条腿的哪,可你长得挺好看。(问首相)她挺可人儿不是?

首　相:有我的陛下您在,什么人什么东西都没在我的眼里!

女　王:那您眼镜八成冻模糊了。(问教授)您说呢?

教　授:我说冬天在气候温和的国家……

东方国大使:什么气候温和? 一点儿都不温和。这气候冷得要命!

教　授:对不起,大使先生,在地理上说,这算是温和的……这样,在气候温和的国家,冬天老百姓穿暖和的以皮做的袍子。

女　王:"鱼皮做的包子"……您绕来绕去的到底在说什么呀?

教　授:我说这位漂亮姑娘需要暖和的衣服。瞧她,都快冻僵了!

女　王:这回您好像说对了,虽然大可以说得直截了当点儿。您一有机会从不放过给我上地理课、算术课,甚至唱歌课! ……你们给这姑娘拿鱼皮做的包子来,或者就说人话,拿件皮袍子来! ……好,给她穿上吧!

十二个月

105

大　妞：谢谢。

女　王：先别谢！我还给你一篮金子、十二件天鹅绒衣服、一双银跟鞋、一只手一只镯子、一个指头一个钻戒！你要吗？

大　妞：谢谢，这些我都不要。

女　王：一样都不要？

大　妞：对，我只要一个小戒指。我不要您给我的十个，我只要我自己的那个！

女　王：十个还抵不上一个吗？

大　妞：在我来说，一百个也抵不上。

老太婆：陛下您别听她的！

二　妞：她净胡说八道！

大　妞：我……我没胡说八道。我原先有个小戒指，你们拿了不还我。

二　妞：你看见我们拿了？

大　妞：见是没见，可我知道是在你们那儿。

女　王：（跟老太婆、二妞说话）好吧，把这小戒指给我拿过来！

老太婆：陛下您听我的，我们没戒指！

二　妞：从来没有过，陛下。

女　王：这就有了。戒指拿出来便罢，要不拿呀，哼哼！……

卫队长：快拿出来，你们这两个妖精！陛下发脾气了。

　　　二妞瞧瞧女王，打口袋里掏出戒指。

大　妞：我的！这样的戒指天底下再找不到第二个了。

老太婆：哎呀，小心肝，你干吗把人家戒指给藏起来呀？

二　妞：都是您说的，戴不上就放口袋里吧！

　　　大伙儿笑起来。

女　王：多漂亮的小戒指……你打哪儿来的？

大　妞：人家送的。

检察长：谁送的？

大　妞：我不说。

女　王：嘻，是不假，你脾气真拧！好，你说怎么办？这么办吧，
　　　　把你的小戒指拿回去！

大　妞：真还我？那太谢谢您了！

女　王：你拿回去可得记住，我给你戒指，是要你带我到你昨
　　　　天采雪花的地方。快带我去吧！

十二个月

107

大　妞：那我不要了！……

女　王：什么？你不要戒指了？好，那你就再看不到它了！我把它丢到水里，丢到冰窟窿里去！你舍得吗？连我都舍不得，可是没法子。快说，雪花在哪儿？——二——三！（抡起手就甩）

大　妞：（哭）我的戒指！

女　王：你以为我真丢了吗？没有，它还在这儿，在我手心里。只要开开口，它就到你手。怎么样？你还发多久的拧脾气呀？把她的皮袍子给剥下来！

二　妞：冻死她！

老太婆：她活该！

　　大妞的皮袍子给剥下来了。女王气得踱来踱去。朝臣们瞧瞧她。趁着女王一转身，老兵把自己的斗篷披在大妞身上。

女　王：（回头一看）怎么？谁那么大胆？说！

　　大伙儿不响。

女　王：哼哼，好哇，斗篷是打天上掉下来，落到她身上的吗？！（看见老兵没斗篷）啊，我看出来了。你过来，我叫你过来，你的斗篷呢？

老　兵：您不看到了吗，陛下？

女　王：你好大的胆子！

老　兵：我又热起来了，陛下。照我们老百姓的说法，就是热刺忽啦的。可斗篷又没处搁……

女　王：留点儿神，别把你给热坏了！（扯下大妞身上的斗篷，用脚踩它）怎么样，还拧脾气吗，死丫头片子？还拧？还拧？

教　授：我说陛下！

女　王：什么事？

教　授：我说您这么做，跟您可是太不相称了，陛下！您送她的皮袍子，还有她看来很宝贵的戒指，您都吩咐还她得了，咱们还是回家去吧。请陛下别生气，我说您脾气再拧下去，咱们不会有好处的！

女　王：哈哈，说到底还是我脾气拧？

教　授：那我大胆问一句：不是您又是谁呢？

女　王：您八成忘了咱们中间谁是圣上了：是您还是我？您竟帮起这个任性的丫头片子，跟我顶起嘴来了！……您好像忘了，"杀头"这个字眼比"赦免"好写！

教　授：陛下！

女　王：别说了别说了别说了！我再不要听您的话了！瞧我这

就吩咐把戒指扔进冰窟窿，把这丫头片子扔进冰窟窿，跟着把您也给扔进冰窟窿！（一个大转身，对着大妞问）我最后一次问你：你肯告诉我上哪儿去采雪花吗？不肯？

大　妞：不肯！

女　王：那你就跟你的戒指告别，跟你的性命告别吧！抓住她！……（一甩手把戒指丢到了水里）

大　妞：（扑过去）

　　　滚吧滚吧小戒指，

　　　滚到春天台阶上，

　　　滚进夏天小门厅，

　　　滚进秋天小板房，

　　　滚过冬天白地毯，

　　　滚到新年火堆旁！

女　王：什么，她在说什么？

　　起风下雪了。雪片飞舞。女王、朝臣、老太婆、二妞跟大兵们拼命遮着头，挡开刮到脸上来的风雪。透过风雪声，听得见一月的鼓声、二月的号角声、三月的铃铛声。在旋转着的雪里掠过几个白影子。它们不定是风雪，也不定就是冬天的三月。它们一路上转啊转啊，把大妞给卷走了。大妞不见了。

十二个月

111

女　王：你们过来！快点！

女王和所有的朝臣给风吹得团团转。他们跌倒，站起来，站起来，跌倒，最后手拉手围成一圈。

侍从长的声音：拉住我！

老太婆的声音：小心肝！你在哪儿啊？

二妞的声音：我自己都不知道在哪儿哪！……我没命了！……

乱糟糟的声音：回家！回家！带马！马呢？车夫！车夫！

大伙儿蹲下来一动不动。透过风声，听到三月的铃铛声越来越急，跟着响起了四月的芦笛声。风雪住了。天一下子晴朗了，阳光普照，鸟声啁啾。大家抬起头来，惊奇地看着周围。

女　王：春天了！

教　授：不可能！

女　王：怎么不可能，瞧，树上都长出花骨朵儿了！

西方国大使：真长出花骨朵儿了……这是什么花呀？

女　王：雪花！样样依着我的话实现了！（很快地跑上雪花盛开的土岗子）等一等！那姑娘呢？你继女儿上哪儿了？

老太婆：她不见了！这坏丫头逃走了！

检察长：去找她！

女　王：我再用不着她了。我自己把雪花给找到了。瞧有多少!

她贪婪地扑过去采花。她东跑西跑，离大伙儿越来越远，忽然看见面前是只大狗熊。一看就知道，它是刚从洞里出来的。

女　王：哎呀，您是谁呀?

狗熊向她弯下身去。老兵跟教授打两旁来救女王。教授一边跑一边用指头吓唬狗熊。女王其他的随从吓得东逃西散。女侍从长直着嗓子尖叫。

教　授：喂，喂!⋯⋯走开!走!⋯⋯走开点!

老　兵：别淘气，小宝贝!

狗熊两边看看，慢慢走进了树林子。朝臣们又向女王奔过来。

女　王：它可是谁呀?

老　兵：黑瞎子，陛下。

教　授：对了，黑瞎子狗熊，拉丁文叫"乌尔苏斯"。一准它在冬眠，早春天气把它给弄醒了⋯⋯啊，不，对不起，是冰雪融化的天气把它给弄醒了!

女　王：在王宫里我有上百只玩具狗熊：长毛绒的、天鹅绒的、橡皮的、金色的、青铜色的。可这只跟它们一点儿都不像。它是真的⋯⋯

卫队长：怎么样，这只真的狗熊没碰着您吧，陛下？

检察长：没伤害您吧？

女侍从长：没抓您吧？

女　王：没有，它就在我耳朵边说了句话。是说的您哪，侍从长！

女侍从长：说的我？它说我什么了，陛下？

女　王：它问了我一句：怎么我没喊，您倒喊起来了。它奇怪
　　　　得了不得！

女侍从长：我喊是因为担心您哪，陛下！

女　王：原来是这样！您去给狗熊说吧！

女侍从长：对不起，陛下，我最怕狗熊跟耗子。

女　王：好，那就采雪花吧！

女侍从长：可我看不见雪花了……

首　相：说真格的，它们上哪儿啦？

女　王：它们没了！

卫队长：可是果子倒长出来了。

老太婆：请陛下您看看吧：草莓、越橘、树莓，我们跟您说的
　　　　不都有了！

114

女侍从长：油鸡，草莓！啊，多好看哪！

二　妞：瞧，我们没说瞎话吧！

　　太阳越来越耀眼。蜜蜂马蜂嗡嗡响。这是夏天最热的日子。远远传来七月的琴声。

卫队长：（热得直喘气）我气都透不出来了……热坏了！……（敞开皮袍子）

女　王：怎么，到夏天了？

教　授：不可能！

首　相：可事实是这样。真正的七月天。

西方国大使：热得像在沙漠里。

东方国大使：不，在我们那儿的沙漠里要凉快多了！

　　大家脱下皮袍子，挥着手绢扇风，浑身没力气，坐在地上。

女侍从长：我多半中暑了。给我水，水。

卫队长：拿水给侍从长夫人。

　　打雷。下起瓢泼大雨来。落叶飞舞。一下子又是秋天。

教　授：下雨了！

检察官：这是场什么雨呀？……是场瓢泼大雨！

老　兵：（把水壶给女侍从长）给侍从长夫人的水来了！

女侍从长：我不要水了，我都浑身是水了。

老　兵：这倒是实话！

女　王：给我雨伞！

卫队长：我上哪儿去拿雨伞哪，陛下，咱们出来的时候是一月，
　　　　可现在一下子……（四下里看看）准是九月了……

教　授：不可能！

女　王：（发火了）我的国家里根本没有什么几月几月，以后
　　　　也不会有！几月几月，都是教授给瞎编出来的！

检察长：遵旨，陛下！不会有了！

　　天黑下来。忽然刮起一场没法形容的狂风，吹倒树木，刮
走大家丢下的皮袍子跟披巾。

首　相：这是怎么了？！是地震……

卫队长：天塌下来了！

老太婆：我的爹！

二　妞：我的妈！

　　风鼓起女侍从长鲜艳的衣服，她好不容易脚尖着地，跟着
树叶和皮袍子乱转。

116

女侍从长：救命啊！抓住我啊！……我要飞起来了！

天更黑了。

女　王：（抱住了树干）马上回王宫！……赶快带马！……你们都在哪儿啦？咱们走吧！

首　相：咱们怎么走呢，陛下？咱们是坐雪橇来的，可地上的雪都给冲掉了。

卫队长：这样的烂泥浆地，只能骑马！

东方国大使：他说得对，骑马！

他说了就跑。西方国大使、皇家检察长、皇家卫队长跟着都跑了。

女　王：站住！我要把你们全都杀头！

没人听她的。

西方国大使：（一边跑一边说）对不起，陛下，我的头只有我的圣上能够杀！

东方国大使：我的脑袋也只有苏丹王才能砍！

他们跑了。

检察长的声音：（在幕后）帮我上马！我不会骑马。

卫队长的声音：学起来吧！……喔，快走！

　　马蹄声。台上就剩女王、教授、老太婆、二妞、老兵。雨住了。空中飘着白点子。

女　王：瞧，下雪了！……又是冬天了……

教　授：九成九是这样。如今可是一月啊。

女　王：（缩起了身子）给我皮袍子。我冷！……

老　兵：还能不冷吗，陛下。先淋湿了再冻上，没有比这更糟的了。
　　　　可皮袍子都让风给刮跑了。你们那些皮袍子都是细毛
　　　　的，很轻，风可大哪，陛下……

　　狼在不远的地方叫。

女　王：听见没有？……那是什么，风吗？

老　兵：不，陛下，是狼。

女　王：多吓人哪！吩咐快把雪橇拉来。如今冬天，咱们又可
　　　　以坐雪橇了。

教　授：一点儿都不错，陛下，冬天坐雪橇……（叹了口气）
　　　　还生炉子……

　　老兵走了。

老太婆：我不跟陛下您说了，我叫您别上树林子里来！

二　妞：她想采雪花呗！

女　王：你们呢，你们想得金子！（沉默了半晌）你们怎么敢这样跟我说话？

二　妞：算了吧，还发脾气哪！

老太婆：咱们可不是在王宫里，陛下，咱们是在树林子里！

老　兵：（拖了辆雪橇回来了）雪橇来了，陛下。您要坐就请坐吧，可没东西拉。

女　王：马呢？

老　兵：老爷他们都骑去了，一匹也没给咱们留下。

女　王：我一回王宫就要狠狠教训这些老爷们！可是怎么回去呢？（问教授）喂，怎么回去，您倒说说看。您可是百科全书哇！

教　授：对不起，陛下，可惜我这百科全书缺了角……

女　王：那咱们就得在这儿送命了。我冷得浑身痛。人都快冻僵了！哎哟，我的耳朵，我的鼻子！我的十个指头抽筋了！……

老　兵：陛下您倒是用雪把耳朵鼻子给擦擦，它们不定真会冻掉的。

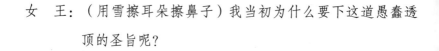

女　王：（用雪擦耳朵擦鼻子）我当初为什么要下这道愚蠢透顶的圣旨呢？

二　妞：可不，是愚蠢！要不下这道圣旨，咱们这会儿就都坐在家里，热乎乎的，还庆贺庆贺新年哪。可这会儿呢，冻得像狗似的！

女　王：可你们干吗连愚蠢的话也听呢？你们都知道我还小哇！……女王想坐雪橇嘛！……（这只脚跳跳，那只脚跳跳）哎哟，受不了啦，冷啊！（跟教授说话）您倒给想个主意呀！

教　授：（呵着手掌）这倒是个难题呀，陛下……要能弄到什么套套雪橇就好了……

女　王：弄什么呢？

教　授：嗯，比方说一匹马呀，或者哪怕一打拉车的狗哇……

老　兵：树林子里上哪去找狗呢？这种天气正像俗话说的：要是碰到好主人，狗也不让出大门。

老太婆跟二妞坐在一棵倒下的树上。

老太婆：哎哟，咱们出不去了！要走吧，脚走不动了，完全冻僵了……

二　妞：哎哟，咱们完蛋了！

老太婆：哎哟，我的腿呀！

二　妞：哎哟，我的手哇！

老　兵：别嚷嚷好不好！有人来了……

女　王：是来接我的！

老太婆：您别想！好像人人都想着您似的……

　　出来一位穿白皮袍子的高大老头儿。他像主人那样朝树林子四面瞧瞧，一棵棵树敲敲。树洞里跳出一只松鼠。老头儿用个指头点点它。松鼠躲了起来。老头儿看见了自己闯来的这些客人，就走过来。

老头儿：诸位光临，有什么贵干哪？

女　王：（哭丧着脸）来采雪花……

老头儿：采雪花现在可不是时候哇。

教　授：（打着哆嗦）一点儿不错！

老　鸦：（从树上）一点儿不假！

女　王：我如今也知道不是时候了。请您指点指点我们，该怎么出去呢！

老头儿：怎么来就怎么走。

老　兵：对不起您哪，老大爷，把我们给拉来的那些个东西，现在插上翅膀也赶不上了。别人骑了走，把我们给扔下了。看来您是此处人氏吧？

老头儿：冬天是此处人氏，夏天可是远处人氏了。

女　王：请您救救我们吧！请您把我们给带出去吧。我要给您女王的重赏。您要金子要银子，我全都不在乎！

老头儿：我什么都不要，我什么都有。这儿银子多得怕你见都没见过。（一举手，所有的雪闪起了银光和宝石的光）说到送东西，可不是你们来送给我，倒是我来送点儿给你们。你们说吧，你们新年想要点儿什么，你们有什么愿望啊？

女　王：我只有一个愿望——回王宫去。就是没东西坐了去！

老头儿：你会有东西坐了去的。（问教授）好，你要什么呢？

教　授：我只希望时间地点样样还原：冬天是冬天，夏天是夏天，我们在家里。

老头儿：这好办！（问老兵）那你呢，当差的？

老　兵：我要什么呢！能在火堆旁边烤烤火就很好了。冻坏啦！

老头儿：待会儿就能烤到火。这儿不远就有堆火。

二　妞：我们两个要皮袍子！……

老太婆：你等等！急什么呀！

二　妞：还等什么！您给我们什么皮袍子都行，狗皮的也行，就要马上给，快点给！

老头儿：（从怀里掏出两件狗皮袍子）拿去吧！

老太婆：对不起您哪，我们不要这样的皮袍子。她说溜嘴了！

老头儿：说出为令。穿上吧。保你们一辈子穿不破！

老太婆：（接过皮袍子）瞧你多傻！要皮袍子起码要件貂皮的。

二　妞：您自己才傻哪！要说就该早点说。

老太婆：自己要件狗皮袍子也就算了，还硬塞给我一件！

二　妞：您不要都给我，我穿着还好暖和点。您冻死在树底下，我也不在乎哪！

老太婆：我就给你了。把口袋撑大点吧！

十二个月

123

两人一面急急忙忙穿皮袍子，一面骂来骂去。

老太婆：瞧你这猴急相！讨件狗皮袍子！

二　妞：狗皮袍子配您正合适。您嗷嗷嗷叫得就像狗。

老太婆：你才是狗！

她们越叫越像狗叫。等到她们把皮袍子穿好，一下子就变成了两条狗：老太婆变了条毛色光滑、黑里夹灰的狗，二妞变了条蓬毛红狗。

女　王：噢，两条狗，捉住它们！它们要咬咱们的！

老　兵：（掰了根树枝）陛下您别担心。我们老话说得好：狗凶怕棍子。

教　授：说真格的，狗拉车再好没有了。爱斯基摩人上远道就用狗拉车子……

老　兵：这话不错！咱们来把它们套上雪橇，让它们拉吧。可惜太少了点儿，得有一打！

女　王：这两条狗抵得上一打。快套雪橇吧！

老兵套雪橇。大家坐好了。

老头儿：这会儿你们可以坐雪橇在新年里逛逛了。好，一路平安！当差的，动身吧，向着火光走好了。那儿生着堆火。到了那儿，就能烤火了！

第二场

　　树林子里一块空地。十二个月围着火堆坐，大妞在他们当中。十二个月挨个往火里丢树枝。

四　　月：火堆烧吧烧得旺，

　　　　　　快煮春天的树浆。

　　　　　　让树浆从锅子里，

　　　　　　流到每一棵树上。

　　　　　　让大地在春天里，

　　　　　　闻到云杉松树香！

十二个月：烧吧烧吧烧得旺，

　　　　　　火焰永远亮堂堂！

一　月：（对大妞说）好，亲爱的客人，你也往火里丢根树枝吧。
　　　　它会烧得更旺的。

大　妞：（往火里丢了一把干树枝）

　　　　烧吧烧吧烧得旺，

　　　　火焰永远亮堂堂！

一　月：怎么样，你八成热了吧？瞧你的脸那么红！

二　月：这还用说，从冰天雪地里一下子到了这样的火旁边！
　　　　我们的冷冷得厉害，我们的热热得够呛，一个比一个强，
　　　　不是人人受得了的。

大　妞：没什么，我喜欢火烧得热乎乎的！

一　月：这我们知道，所以让你上我们火堆旁边来。

大　妞：谢谢你们，你们两回救了我的命。可我看见你们很惭
　　　　愧……我把你们的礼物给丢了。

四　月：丢了？好，你倒猜猜我手里是什么！

大　妞：戒指！

四　月：猜对了！把你的戒指拿回去吧。你今天拿定主意牺牲
　　　　戒指，这样很对。要不你就再见不到它，也再见不到
　　　　我们了。戴上它吧，那不管是天寒地冻，刮风下雪，
　　　　秋雾重重，你都会永远温暖，永远快活。虽然大家说

四月骗人^①，可四月的太阳永远不骗你！

大　妞：我的幸福戒指总算回到我手里了！它对我来说原本就宝贵，如今更宝贵了。可我不敢带它回家，她们又会把它给抢去的……

一　月：不，抢不了了……再没人会抢你戒指了！等你回家，你就做一家之主。以后不是你上我们这儿来玩，是我们上你家去串门了。

五　月：大伙儿轮流去看你。各人带各人的礼物。

九　月：我们十二个月都挺富裕。只要你能从我们这儿把礼物拿去。

十　月：在你的花园里，你可以有天底下从来没有过的树木、花朵、浆果和苹果！

　　　　狗熊拿来一个大箱子。

一　月：现在我们送你一箱礼物。从我们十二个月弟兄这儿回家，可不能空着双手。

大　妞：我简直找不到话来谢你们！

二　月：你还是先打开箱子，看看里面是什么吧。我们给你的东西，不定不中你的意呢！

───────

①四月一日是愚人节，所以他这么说。

十二个月

127

四　月：这是箱子钥匙。把箱子给打开吧。

大妞打开箱盖，把送她的东西一样一样地看。箱子里是皮袍子、绣银花的衣服、银鞋子，还有一大堆光彩夺目的首饰。

大　妞：噢，叫人都看傻了！今天我见过女王，可连她都没这种衣服，没这种皮袍子。

十二月：那好，都穿上试试吧！

十二个月把大妞围起来。等他们散开，大妞已经穿好了新衣服、新皮袍子、新鞋子。

四　月：你真是个大美人哪！衣服皮袍子正配得上你。鞋子也正合适。

二　月：穿上这样的鞋子在树林子里的小道上跑，还要穿过倒下来的树木，那可是有点儿可惜。看来得送你一辆雪橇。（把戴着手套的手拍了拍）喂，你们在树林子里干活的，有描花的雪橇没有，铺貂皮镶银边的？

树林子里几只动物——狐狸、兔子、松鼠——把一辆下面银架子、上面白底描花的雪橇推到台上来。

老　鸦：（在树上叫）一辆顶呱呱的雪橇，真格的，顶呱——呱！

一　月：是哇，老朋友，是辆顶呱呱的好雪橇！这样好的雪橇，可不是什么马都能套上去的。

五　月：马不成问题，我来送她两匹马，绝不会比雪橇差。说到我这两匹马，那正是：金马蹄，壮又肥，银鬃闪闪耀光辉，只要地上一跺脚——呼隆就是一个大响雷。（拍拍手）

出来两匹马。

三　月：嘿，多好的马呀！得噜，站住！你坐上它们拉的雪橇，快得就像一阵风。可是坐雪橇没铃铛不好玩。这么办吧，我把我的小铃铛送给你。铃铛越是响，路上越欢畅！

十二个月围着雪橇，套上了马，装上了箱子。这时候只听得远远传来狗吠声，两只好吵爱闹的狗互相地吠来吠去。

老兵的声音：跑哇，跑哇！你们两个狗养的，干吗停下了！拉到了给你们两根骨头啃啃。别骂来骂去了！快闭嘴，该死的东西！

教授的声音：快点跑吧！冷坏人了！

女王的声音：使劲儿拉！（怨声怨气的）我都冻僵了！

老兵的声音：可它们不肯拉！

大　妞：是女王！还有她的老师，还有老兵……可他们哪来的狗呢？

一　月：等会儿你会看出来的！好，弟兄们，往火堆里添柴火吧。
　　　　我答应过这个大兵，让他到咱们火堆这儿来烤火。

大　妞：让他烤烤火吧，老爷爷！他帮我捡过树枝；我冷的时候，
　　　　他还把斗篷给我披。

一　月：（问弟兄们）你们怎么说？

十二月：既然答应过，就这么办吧。

十　月：可来的不止大兵一个。

三　月：（打从树枝缝里看）不错，跟他一起来的还有个老头儿，
　　　　有个小姑娘，还有两条狗。

大　妞：这老头儿也挺好，他求女王给我件皮袍子。

一　月：不错，是个不坏的小老头儿。可以让他烤烤火。可剩
　　　　下那几个怎么办？这小妞儿像是挺坏的。

大　妞：坏是坏，可她那股坏劲儿不定给冻死了。听她说话那
　　　　口气，多苦！

一　月：好，没关系，咱们看着办吧！可是为了让他们下回找
　　　　不到道儿上这儿来，咱们在原先没道儿、往后也不会
　　　　有道儿的地方，给他们开出条小道儿来吧！

　　一月用长棍在地上敲了敲。树木分开，女王的雪橇由两条
狗拉到空地上来。两条狗咬来咬去，一条要往这边拉，一条要

往那边拉。老兵赶着它们。一看两只狗的动作，就叫人想起了老太婆和二妞，很容易认出谁是谁。它们没走到火堆前面，在树旁边停下了。

老　兵：火堆到了。那老头儿没骗咱们。在座诸位诚实的人，你们好！请让我们烤烤火吧。

一　月：坐下来烤吧！

老　兵：啊，主人，您好！这堆火旺极了。可是请您答应，让我雪橇上那两位也坐到火堆旁边来吧。我们当兵的有个规矩，先安排长官住下了，再安排自己住的。

一　月：好，你们有这规矩，你就照规矩办事好了。

老　兵：陛下您请下车吧！（跟教授说话）大人您也请下车吧！

女　王：噢，我动都不能动了！

老　兵：不要紧，陛下，会暖和起来的。我来帮您站起来。（把她扶下车）还有您的老师。（大声对教授说）让腿活动活动吧，大人！咱们在这里歇会儿！

　　女王跟教授三心两意地向火堆走过去。两条狗夹着尾巴在后面跟着。

大　妞：（跟女王和教授说话）你们过来点吧，过来点暖和多了！

老兵、女王和教授向她一回脸，都看着她呆住了。两条狗看见大妞，一下子蹲了下来，跟着你一声我一声，就像互相在问："是她吗？""真是她？""是她！"

女　王：（跟教授说话）您瞧，她就是找到雪花的姑娘。可她打扮得多漂亮啊！

老　兵：没错儿，陛下，就是她。（跟大妞说话）晚上好，小姐。咱们这回是第三回见面了！就是这回见了你，简直认不出来了。真像个女王。

女　王：（冷得牙齿嗑牙齿）你你你说什么？你等着瞧吧！

一　月：姑娘，在这儿你可别作威作福。兵大哥是我们请来烤火的，你可是托他的福。

女　王：（顿脚）不，是他托我的福！

二　月：不，是你托他的福。他没你到处可去，你没他寸步难移。

女　王：哈哈，原来这样！好，再见吧！

一　月：请便！

二　月：走吧你！

女　王：（叫老兵）套上狗，咱们走。

老　兵：得了，陛下，先烤烤火吧，要不上牙都对不上下牙

了。等暖和一点儿，咱们就慢慢地走……嘚嗒嘚嗒……（四下里一看，看见了雪橇前面套的白马）嘿，好马！这样的马，我在御马圈里都没见过——说错了，陛下！……这两匹马是谁的？

一　月：（指指大妞）主人坐在这儿哪。

老　兵：我祝贺你买到这么好的马！

大　妞：不是买的，是人家送的。

老　兵：那更好了。得来不花费，东西更宝贵。

两条狗向马扑过去乱叫。

老　兵：住口，畜生！回去！刚穿上狗皮，已经要扑马了。

大　妞：它们叫得多凶啊！就像骂人，只是听不出骂什么。这种狗叫声我听着挺耳熟，就记不起在哪儿听到过……

一　月：不定是听到过！

老　兵：怎么没听到过！它们跟您可是住在一块儿的。

大　妞：我家没狗……

老　兵：您好好看看它们吧，还认不出来？

两条狗把头转过去避开大妞。

大　妞：（把手一拍）噢！可是不可能！……

老　兵：不管可能不可能，事实就是这样！

红狗跑到大妞身边，向她乞怜。黑狗想舔她的手。

女　王：留神，它们要咬你的！

两条狗躺在地上摇尾巴打滚。

大　妞：不会，她们现在看着温和多了。（问十二个月）难道
　　　　让她们做狗做到死吗？

一　月：那又何必呢？让她们在你那儿住三年，给你看家护院。
　　　　三年过后她们要是改好了，你大年夜把她们带到这儿
　　　　来，我们给她们剥掉皮袍子。

教　授：要是她们过三年还不改好呢？

一　月：那就过六年。

二　月：那就过九年！

老　兵：狗可是没多少年好活啊……嗐，我的姑姑婶婶！你们
　　　　眼看再戴不成头巾，再不能用两条腿走道了！

两条狗叫着去扑老兵。

老　兵：你们自己也知道！（用棍子把它们赶开）

女　王：到了大年夜，我把我王官里的狗也带到这儿来，可以
　　　　吗？我这些狗又温和，又听话，在我面前，还能用两

条腿站起来走道哪。也许它们也能变人吧？

一　月：不能了，它们要能用后腿走道，就变不成人了。它们原先是狗，就一辈子得是狗。亲爱的客人们，现在我也得管管我自己的事了。我要不管，天气就不像一月那么咯咯地冷，风就不像一月那么呼呼地吹，雪就不像一月那么哗哗地下了。再说你们也该动身了。瞧，月亮已经很高！它会给你们照亮道路的。可你们得快走——赶紧走。

老　兵：我们何尝不想赶紧走哪，老爷爷，可我们的两条长毛狗叫得多拉得少。让它们拉雪橇，明年都拉不到家。要能让这两匹白马拉，那就好了！……

一　月：您去求求主人吧，不定她会答应带带你们的。

老　兵：我去求求她好吗，陛下？

女　王：不用！

老　兵：好，那就没法子了……喂，你们这两条耷拉耳朵的狗，爬回车辕下面去吧！不管你们愿意不愿意，我们还得让你们拉着跑。

两条狗贴近大妞。

教　授：陛下！

女　王：什么事？

教　授：回王宫路还远着哪，而且这个冷啊，对不起，真是一月冷，冷死人。我到不了家，可您没皮袍子，也准得冻坏！

老　兵：怎么样，陛下？

两条狗：嗷嗷嗷？

女　王：我怎么能去求她？我从来没求过人。万一她说不肯呢？

一　月：为什么不肯？也许她肯呢？她的雪橇大，容得下所有的人。

女　王：（低了头）不为这个！

一　月：那为什么？

女　王：（阴了脸）我剥过她的皮袍子，打算要淹死她，还把她的戒指扔到冰窟窿里！再说我不会求人，没人教过我这个。我只会发号施令！我是女王嘛！

一　月：（讥笑她）原来你是女王！我们还不知道哪。

二　月：你没见过我们，我们也不知道你是谁，是打哪儿来的……你说你是女王？真没想到！那这位是谁，是你的老师吗？

女　王：是我的老师。

二　月：（跟教授说话）这么简单的事，怎么你也不教教她呢？她光会发号施令，就不会求人！这种事哪儿听说过？

教　授：陛下她光挑她爱学的学。

女　王：唉，正因为原先是那样，所以我今儿一天就学了不少东西！比我三年学的还多！（走到大妞身边）我说好姑娘，请带带我们吧。我要给你女王的重赏！

大　妞：谢谢您，陛下。我不要您的赏赐。

女　王：瞧，她不肯！早说了不是！

二　月：一准你求的方法不对。

女　王：我该怎么求呢？（问教授）难道我话说得不对吗？

教　授：不，陛下，从文法观点看，您话说得一点儿都不错。

老　兵：对不起，陛下，我是个大老粗，就是个大兵，不懂什么文法不文法，可这回请您让我教一教您。

女　王：好，说吧。

老　兵：陛下您最好别说赏她什么，这些个话您说得多了。您就干脆一句："请您做做好事，把我们给带走吧！"陛下您可不是在雇车呀！

女　王：我好像有点儿懂了……（向大妞）请你带带我们吧！我们都要冻死了。

大　妞：我为什么不带你们呢？当然可以带。我还送您，送您老师，送大兵叔叔一人一件皮袍子。我箱子里皮袍子有的是！拿吧，拿吧，不用还了。我知道过年过年，冷掉鼻尖是怎么个味儿。

女　王：哎，谢谢你了。你给我一件皮袍子，我将来还你十二件……

教　授：（害了怕）陛下您又来了……

女　王：不说了不说了！

大妞拿出皮袍子。大伙儿穿上，就老兵没穿。

女　王：（问老兵）你干吗不穿哪？

老　兵：不敢穿哪，陛下，我们穿皮袍子不合规矩，不成体统！

女　王：算了算了，咱们今天没一件合规矩的……穿吧！

老　兵：（穿皮袍子）您说得是啊。这都算什么规矩呢！我们答应让人家坐雪橇，可自己坐人家的雪橇。答应赏人家皮袍子，可自己穿人家的皮袍子……穿好了。真是多谢了！……主人们，请让我坐到赶车的位子上去吧！赶马不比赶狗。这活儿我都熟门熟路了。

正　月：坐上去吧，当差的。把她们送回去吧。可是留点儿神，路上别把帽子给弄丢了。我们的马是千里马，能赶过时间，分秒在它们蹄子下面过去，一转眼就到家了！

大　妞：再见了，十二个月！我忘不了你们的新年火堆！

女　王：我要忘也忘不了！

教　授：一忘了就想起来！

老　兵：祝你们健康，主人们！祝你们幸福！

春天和夏天的月份：一路顺风！

冬天的月份：一路平安！

老　鸦：平安平安！

雪橇走了。两条狗叫着跟去了。

大　妞：（回头）再见了，四月！

四　月：再见了，好姑娘！等着
　　　　我上你家串门吧！

　　铃铛声还响了一阵，后来静
下来了。树林子亮了起来。天快
亮了。

一　月：（四下里看看）怎么样，
　　　　树林子老大爷？我们刚
　　　　才惊动了你，抖落了你

的雪，吵醒了你的野兽吧？……好，够了够了，好好
睡吧，再不惊吵你了！……

十二个月：烧吧烧吧，大火堆，

　　　　　烧吧烧吧烧成灰。

　　　　　飞吧飞吧，青的烟，

　　　　　顺着树木往上飞。

　　　　　笼罩整个树林子，

　　　　　直往天空上面飞。

四　　月：新月慢慢暗下来，

　　　　　星星陆续闭上眼。

　　　　　一轮火红大太阳，

　　　　　打大门里露了脸。

　　　　　太阳搀出新的一天，

　　　　　太阳搀出新的一年！

十二个月：（转向太阳）

　　　　　烧吧烧吧烧得旺，

　　　　　火焰永远亮堂堂！

一　　月：黄金铸的大太阳，

　　　　　金光闪闪照四方。

　　　　　也没滴答滴答声，

　　　　　也不轰隆轰隆响，

不骑马来不坐车，

它就升到高空上。

十二个月：烧吧烧吧烧得旺，

火焰永远亮堂堂！

十二个月

雪女王

〔苏〕施瓦尔茨

关于《雪女王》

　　《雪女王》的作者叶普根尼　·利沃维奇·施瓦尔茨 1896 年出生于俄罗斯喀山的一个医生家庭。他是一位剧作家、儿童文学家。

　　施瓦尔茨年轻的时候在莫斯科大学学习法律，同时对戏剧和诗歌也很有兴趣。后来，他应征入伍，战争带来的伤痛成了笼罩他一生的阴影。十月革命后，他开始在顿河畔的罗斯托夫学习戏剧。1921 年，他随剧团迁往彼得格勒，并加入"谢拉皮翁兄弟"——一个包括伊凡诺夫、左琴科和费定在内的文学团体。1923 年，他搬到巴赫穆特，开始在当地报纸上发表讽刺诗和评论文章。这段时期，他逐渐从戏剧演员转变为文学家。

　　1924 年，他回到列宁格勒，在一家出版社工作，同时也为儿童杂志《刺猬》和《金雀》写稿。他还创作了不少儿童文学作品，包括《一把旧的巴拉莱卡琴的故事》《舒拉和马鲁西的冒险》《别人家的女孩》《一年级小学生》等。就在这一时期，他和列宁格勒喜剧剧院的导演尼古拉·阿基莫夫相识，两人文学和艺术理念相似，并且彼此欣赏和信任，由此展开了长达三十多年的友谊。1929 年起，他们开始合作，创作了大量结合时代与自由、权利等永恒话题的戏剧。施瓦尔茨改编自著名作品的剧本有《小红帽》《灰姑娘》《皇帝的新装》《雪女王》《影子》等，他还写了《龙》《平凡的奇迹》等原创剧本。施瓦尔茨的创作风格多受安徒生影响，想象力丰富，充满关怀现实的象征意义表达。

1958 年，施瓦尔茨于列宁格勒去世。

《雪女王》改编自安徒生的同名童话作品，原作在世界享有盛誉，曾被改编成绘本、剧本、舞台剧、动画、电影等多种形式。施瓦尔茨除了将其改编为本书收录的童话剧剧本，还曾将其改编成电影剧本，电影于 1967 年被搬上银屏。安徒生的原作由一系列小故事构成，包括"镜子和碎片""男孩和女孩""会使魔法的女人的花园""王子与公主""强盗小女孩""拉普兰女人和芬兰女人""雪女王的宫殿"等七个部分；而作为童话剧剧本的《雪女王》仅有三幕，显然一笔带过了原作中的一部分剧情，而重点突出了另一部分剧情。剧本放弃了原作中很重要的线索"镜子的碎片"，也删掉了类似"会使魔法的女人的花园"这类剧作者可能觉得不那么重要的部分，而重点写了

雪女王

戏剧冲突强烈的几章，并增加了"讲故事的人""顾问官"这样的角色，使得剧情更为紧凑，对话既有趣又充满张力，人物角色善恶的对比更为明显；另一方面，活用戏剧特有的表现形式，拉近了表演与观众的距离，使得这部剧既适合由儿童自己来表演，也很适合儿童观看。莫斯科国立叶尔莫洛娃剧院的勃·阿夫腊萧夫曾经撰写文章，说这个剧本讲"儿童们火热的心，讲由于友谊、真心和爱所得到的成功"，写"光明和黑暗、善和恶、正义和不公之间的斗争"，同时鼓励儿童自己动手制作服装和道具，来亲自演出这部作品。当然，剧本和原作之间的不同之处不止以上这些，也欢迎有心的读者进行对比阅读，也许会有新的有趣的发现。

本书编者

2020 年 1 月

人物表

讲故事的人（简称故事人）

凯依

盖尔达

奶奶

顾问官

雪女王

雄乌鸦

雌乌鸦

王子克劳斯（简称克劳斯）

公主爱耳扎（简称爱耳扎）

女大王

强盗头目（简称强盗头）

小强盗

北方鹿

强盗们

第一幕

故事人——一个二十五岁的年轻人——走到幕前来。他穿一件礼服，佩一把剑，戴一顶阔边帽子。

故事人：世界上有各种各样的人：有铁匠，有厨子，有医生，有学生，有药剂师，有教员，有车夫，有演员，有看守人。至于我呢，是个讲故事的。所有我们这些人：演员也好，教员也好，铁匠也好，医生也好，厨子也好，讲故事的也好——我们全都工作，我们都是有用的人，都是少不了的人——都是一些非常好的人。比方说吧，要是没有我这个讲故事的，你们今天就不会坐在戏院里，你们就永远不会知道有一个叫作凯侬的孩子，他出了什么事情，他可是……嘘嘘嘘嘘……别响……唉，我知道多少故事啊! 就算每天讲一百个故事吧,一百年工夫,也不过把我肚子里的故事,讲出百分之一来罢了。

今天你们要听到的,是雪女王的故事。这故事又是悲哀,又是快活,又是快活,又是悲哀。我只管讲啊讲的,讲得我乏味极了。今天我就让这故事演出来给大家看看吧。不但让它演出来,而且出了什么事情,我都要亲自来参加。

讲故事的人走了。幕拉开来。这是阁楼上穷人家的一个房间,可是它很干净。房间里有一个结了冰的大箱子。离窗子不远,靠近炉子的地方,有一个没盖的箱子。这个没盖的箱子里种着一棵玫瑰树。虽然是冬天,玫瑰树却开着花。一个男孩子和一个女孩子坐在树下的一张矮凳子上。这两个人就是凯依和盖尔达。他们手拉着手地坐着。

凯　依: 起来!

盖尔达: 什么事?

凯　依: 楼梯响了。

盖尔达: 让我来听听……不错!

凯　依: 楼梯响得多么叫人快活哇! 可是我用雪球打破了窗子,隔壁人家上来要骂我的时候,楼梯完全不是那样响法的。

盖尔达：不错！那时候像狗叫一样。

凯　依：可是现在是我们的奶奶回来的时候呢……

盖尔达：楼梯就像拉小提琴那样的，噔噔地响起来了。

凯　依：喂，奶奶，喂，快点儿吧！

盖尔达：别催她啊，凯依，我们是住在房子最高的阁楼上啊。

凯　依：没关系。她听不见。喂，喂，奶奶，大步走哇。

盖尔达：喂，喂，奶奶，走快点！

凯　依：水壶已经响了。

盖尔达：水已经开了。听，听！她在门垫子上擦鞋呢。

凯　依：对，对。你听，她在衣服架子旁边脱衣服呢。

　　　　敲门声响。

盖尔达：她为什么敲门呢？她不是知道，我们的门是不锁的吗？

凯　依：她是故意的……她想吓唬我们。

　　　　盖尔达哈哈笑。

凯　依：静点儿！我们也来吓唬吓唬她。我们不要答应，不要响。

　　　　敲门声又响。孩子们用手掩着嘴笑。又是敲门声。

凯　依：我们躲起来吧。

盖尔达：躲吧！

孩子们笑着，躲到种玫瑰树的箱子后面去。门打开，一个穿黑礼服、个子高高的、白白的老头儿走到房间里来了。礼服的衣领上有一个银色大徽章。他大模大样地抬起头来东张西望。

凯　依：（从箱子后面爬出来）噢噢！

盖尔达：噗！噗！

穿黑礼服的人冷不防地给吓了一跳，可是他没有失去他那种冷冰冰的骄傲神气。

陌生人：（声音从牙齿缝里挤出来）你们胡闹什么？

孩子们手拉手，狼狈地站着。

陌生人：没有教养的孩子，我问你们，胡闹什么？回答呀，你
　　　　们这两个没有教养的孩子！

凯　依：对不起，我们是有教养的……

盖尔达：我们是非常非常有教养的孩子！您好哇！请坐吧！

陌生人从礼服的胸袋里拿出一副有柄的眼镜来。他嫌恶地打量着两个孩子。

陌生人：有教养的孩子，第一——不在地上爬；第二——不像
　　　　狗那样"噢噢"地叫唤；第三——不嚷"噗噗"；同

时最后一点，就是第四——不向陌生人扑过来。

凯　依：可是我们以为您是奶奶啊！

陌生人：废话！我根本不是奶奶。玫瑰花在哪儿？

盖尔达：这就是玫瑰花。

凯　依：您问它们干什么？

陌生人：（把脸从孩子们身上转开，用有柄的眼镜去仔细地
　　　　看玫瑰花）这真是活的玫瑰花吗？（嗅）第一——它
　　　　们发出这种植物所特有的香味儿；第二——它们有
　　　　合乎这种植物的颜色；同时最后，第三——它们从适
　　　　合这种植物生长的泥土里生长出来。活的玫瑰花。
　　　　哈哈！

盖尔达：你听我说吧，凯依，我怕他。这人是谁呀？他到我们
　　　　这儿来干什么？他想跟我们要什么呢？

凯　依：不要怕。我来问问他。您是谁呀？您想跟我们要什么
　　　　呢？您为什么到我们这儿来呀？

陌生人：（不转脸，只管盯着玫瑰花看）有教养的孩子是不问
　　　　大人话的。他们要等大人来问他们问题的。

盖尔达：您来问问我们吧，谢谢您了，难道我们不……不想知
　　　　道您是谁吗？

陌生人：（不转脸）废话。

盖尔达：凯依，我对你说一句老实话，这人包管是个坏蛋巫师。

凯　依：盖尔达，哪儿的话，老实说，他不是。

　　　陌生人最后把脸从花上转过来，不急不忙地向孩子们走过来。

凯　依：我可以帮您干点什么呢？

　　　孩子们恐惧地后退，陌生人一直向他们走过去。

前面门厅的声音：孩子们！衣服架子上这件皮大衣是谁的？

凯依、盖尔达：（快活地）奶奶！快来，快到这儿来！

声　音：你们闷得慌了吗？你们别跑出来，我把寒气带来了。
　　　　我马上就进来，现在让我先把大衣脱下来吧，好了，
　　　　现在我摘帽子了。现在我来好好地把鞋擦一擦……好
　　　　了，我来了。

　　　一个干净、白皮肤、脸蛋红红的老婆婆走进房间里来。她快活地微笑，可是一看见陌生人就停了脚，住了笑。

陌生人：您好哇，老太太！

奶　奶：您好，先生……

陌生人：我是商业顾问官。老太太，您让我等了好半天了。

奶　奶：可是顾问官先生，我不知道您上我们这儿来呀。

顾问官：您甭解释了，这没什么大关系。老太太，您走运啦。
　　　　您自然很穷啰？

奶　奶：顾问官先生，请坐吧。

顾问官：没什么关系。

奶　奶：我今天跑了一天。我可得坐坐了。

顾问官：您坐吧。那么老太太，我再来说一遍，您走运啦。您穷吗？

奶　奶：又穷又不穷。拿钱来说，我是穷的。不过……

顾问官：不过别的都是废话。咱们回到这件事情上来吧，我听
　　　　说您有一棵玫瑰树，冬天会开花。我要买它。

奶　奶：它是不卖的。

顾问官：废话。

奶　奶：我跟您说实话！这树跟礼物一样，礼物是不卖的。

顾问官：废话。

奶　奶：相信我吧！我们有个朋友，他是一位会讲故事的大学
　　　　生，也就是我这两个孩子的老师，他多么细心地侍候
　　　　这棵树哇！他给它挖松泥土，用一种什么粉撒在泥土
　　　　上，他还唱歌给它听哪。

雪
女
王

顾问官：废话！

奶　　奶：您去问问邻居吧。经过他的各种关心，报恩的树在冬
　　　　　天开了。这棵树难道能够卖掉？！

顾问官：老太太，你这个老婆子多狡猾呀！好家伙！您抬价。
　　　　　好吧，要多少？

奶　　奶：这树是不卖的。

顾问官：可是好朋友，您别为难我了。您是洗衣服的吧？

奶　　奶：是的，我洗衣服，我还帮忙管家，会做挺好吃的蜜饼，
　　　　　会绣花，我能够叫最淘气的孩子睡觉，还会待候病人。
　　　　　顾问官先生，我什么事情都会做。顾问官先生，有人
　　　　　还说，我有两只万能的手呢！

顾问官：废话。咱们来从头讲起吧。您也许不知道我是个什么
　　　　　样的人吧？老太太，我是个有钱人哪。我是一个非常
　　　　　有钱的人。连国王也知道我多有钱，老太太，所以他
　　　　　还赏给我一个奖章哪。您看见过上头写着"冰"字的
　　　　　大货车没有？见过吧，老太太？冰、冰河、冰箱、装
　　　　　满了冰的地下室——老太太，所有这些都是我的。冰
　　　　　把我变成一个有钱的人。老太太，我买得起所有的东西。
　　　　　您的玫瑰树值多少钱啊？

奶　　奶：难道您这样爱花吗？

雪
女
王

159

顾问官：还说哪！我简直忍不住了。

奶　奶：这又是为什么呢？

顾问官：我爱稀罕的东西！我是靠这种东西发财的。夏天，冰是稀罕的东西。我夏天就卖冰。冬天，花是稀罕的东西——我就打算种花。就是这么回事儿。好吧，您要多少价钱？

奶　奶：我的玫瑰花不卖给您。

顾问官：卖吧！

奶　奶：怎样也不卖！

顾问官：废话！我这儿给您十个塔列尔。拿去吧！快！

奶　奶：我不要。

顾问官：二十个吧！

奶奶坚决地摇头。

顾问官：三十、五十、一百！一百还少吗？嗯，好吧，两百。这一笔钱，您跟这两个讨厌的孩子，够用整整一年哪。

奶　奶：他们是很好的孩子！

顾问官：废话！您就想一想吧——一棵最普通的玫瑰树，可以换到两百个塔列尔。

奶　奶：顾问官先生，这不是普通的树。它的树枝上，起先长出花蕾来——小小的、白白的，尖尖上是粉红的。后来，它们花瓣张开来了，花开了，顾问官先生，花开了可就不谢了。顾问官先生，窗子外面是冬天，可是我们这儿呢，是夏天。

顾问官：废话！现在要是夏天，冰就要涨价了。

奶　奶：顾问官先生，这些玫瑰花会叫我们快活。

顾问官：废话，废话，废话！钱——钱才会叫人快活哪。我给您钱，听见了吗——钱。明白了吗——钱！

奶　奶：顾问官先生！还有比钱更强的东西呢。

顾问官：这简直是造反！照您的说法，钱——钱不值什么了吗？今天您能说钱不值什么，明天您就会说可敬的有钱人也不值什么了……您一定不收钱吗？

奶　奶：是的。顾问官先生，这些玫瑰花随便您出多少钱也不卖。

顾问官：这样说来，你……你……你这个疯老婆子！……

凯　依：（觉得受了很大的侮辱，冲到顾问官面前）可是你……你……你这个没有教养的老头子！

奶　奶：孩子，孩子，不可以！

顾问官：我要把你们冻僵！

雪女王

161

盖尔达：我们不屈服！

顾问官：大家瞧着吧……决不会平白地放过你们！

凯　依：这儿所有的人都尊敬奶奶！可是你朝她"噢噢"地叫唤，
　　　　　叫唤得像……

奶　奶：凯依！

凯　依：（抑制住）……像一个坏蛋。

顾问官：好吧！我第一——要报仇；第二——很快就要报仇；
　　　　　第三——报一回大仇。我到女王那儿去！你们等着吧！

　　顾问官跑出去，在门口跟讲故事的人撞了一下。

顾问官：（生气地）哼，讲故事的先生！编故事的朋友！这全
　　　　　是你的坏主意！好得很！瞧着吧！这件事情我也不会
　　　　　平白地放过你的。

　　讲故事的人有礼貌地向顾问官鞠躬。顾问官走了。

故事人：您好哇，奶奶，你们好哇，孩子！商业顾问官气了你
　　　　　们啦是不是？别理他。他能够把我们怎么样呢？瞧，
　　　　　玫瑰花多么快活地朝我们点头哇。你们知道它们想说
　　　　　什么吗？它们想说："万事顺利。我们你们，你们我们，
　　　　　大家在一起。"

　　穿皮大衣、戴礼帽的顾问官在门口出现。

顾问官：大家瞧着吧。哈哈！

　　讲故事的人向他冲过去，顾问官溜了。讲故事的人回来。

故事人：奶奶，孩子，好了。他走了，一去不回了。我求求你们，让我们把他忘了吧。

盖尔达：他想拿走我们的玫瑰花。

凯　依：可是我们不答应。

故事人：唉，你们真是好汉！可是你们为什么叫水壶生气呢？（向炉子跑去）你们听，它嚷着说："你们把我忘啦，我吵啦，可是你们没有听见我。我生气呀生气呀——你们试试看来碰碰我吧。"（试着去把水壶从火炉上拿开）真的，碰不得！（用礼服的衣边把水壶拿起来）

奶　奶：（跳起来）您又要烫伤啦，我给您毛巾。

故事人：（用礼服的衣边拿着水壶，侧身朝桌子走过去）没有关系。所有这些水壶、茶杯、桌子、椅子……（要把水壶放在桌子上，可是放来放去放不上去）礼服和短靴，因为我会它们的话，常常跟它们讲个没完……（最后把水壶放到桌子上去了）它们把我当作自己弟兄，就不跟我客气了。今天早上，我的短靴忽然不见了。结果我在大厅里的衣柜下找到了。原来它们上旧鞋刷子那儿去串门子，到那边聊天去啦……孩子们，你们

雪女王

163

怎么啦？

盖尔达：没有什么。

故事人：你们说真话吧！

盖尔达：嗯，好吧，我说。不知道什么道理，我到底有点儿怕。

故事人：哦，原来是这样！这是说你们有点儿怕啦，孩子？

凯　依：不。可是……顾问官说过他要到女王那儿去。他说的是哪一个女王呢？

故事人：我想大概是雪女王吧。他跟她交情挺好。要知道，他的冰都是雪女王供给的呀。

盖尔达：哎呀，是谁敲窗子呢？我不怕，可是您到底说说看，是谁在敲窗子呢？

奶　奶：这不过是雪罢了，小姑娘。外面刮风下雪啦。

凯　依：让雪女王试试看到这儿屋子里来吧。我要把她放在炉子上，她马上就会化掉。

故事人：（跳起来）对，孩子！（一挥手，把茶杯打翻了）瞧……我不是对你们说过了吗……你好不害臊哇，茶杯？对，孩子！雪女王不敢到这儿来的！对于热心的人，她是没有办法的！

盖尔达：她住在哪儿呢？

故事人：夏天，她住在老远老远的北方。冬天，她在天上高高的地方，在乌云上飞。只有到半夜，在所有的人都睡了的时候，她才在城里的街上飘来飘去，望人家的窗子，于是玻璃上蒙上了冰花和图案。

盖尔达：奶奶，这是说她到底望过了我们的窗子啦？您看，它们全是冰的图案了。

凯　依：让它去吧！她望过了就要飞走的。

盖尔达：您看见过雪女王没有？

故事人：看见过。

盖尔达：哎呀！什么时候？

故事人：好久好久以前，那时候你们还没出世。

凯　依：您讲给我们听听吧。

故事人：好的。只是让我离开桌子走远些，要不然我又要打翻什么东西了。（走到窗口）可是讲完以后，我们要坐下来工作的。你们都把功课做好了没有？

盖尔达：做好了。

凯　依：全做完啦！

雪女王

故事人：嗯，这样说来，你们应当听到一个有趣的故事了。你们听好啦。（起先讲得很安静，很沉着，可是他渐渐讲得入了迷，手舞足蹈起来了；一只手拿一块石板，另外一只手拿一支石笔）这是很久很久以前的事了。我的妈妈，她跟你们的奶奶一样，每天到生人那里去干活，很晚才回家。有一回，我静静地穿上衣服，用围巾围住脖子，从房间里跑出来，到街上去等候妈妈。街上静悄悄的，只有冬大才是这么静。我于是坐在台阶上开始等。忽然之间，呼呼地刮起风来了，又下起雪来了！它好像不单单从天上下来，还从墙上，从地上，从门背后，从四面八方下起来。于是我朝门口跑回去，可是这时候有一块雪片越来越大，越来越大，终于变成了一个漂亮的女人。

凯　依：这就是她吗？

盖尔达：她穿什么衣服？

故事人：她从头到脚，浑身都是白的。她两只手拿着一个大大的白色暖手筒。一颗大金刚钻在她的胸口一闪一闪地发亮。"您是谁？"我就嚷了。"我是雪女王。"那女人回答，"你想我把你带走吗？亲亲我吧，不要怕。"我连忙跳开……

　　讲故事的人把手一挥，石板飞向玻璃。玻璃碎了。灯灭了。

166

音乐声响起来。雪片白晃晃地飘进破窗子里来。

奶奶的声音：孩子们，镇静点。

故事人：是我不好！我马上点灯！

灯点亮了。所有的人都哎呀一声。一个漂亮的女人站在房间当中。她从头到脚穿着白衣服。她的手里有一个大大的白色暖手筒。一颗大金刚钻用银链子挂在她的胸前，一闪一闪地放光。

凯　依：这是谁呀？

盖尔达：您是什么人？

讲故事的人想要讲话，可是那女人做了一个命令的手势，他就退后不响了。

女　人：对不起——我刚才敲门，可是没有人听见。

盖尔达：奶奶说那是雪。

女　人：不，你们这里灯灭了的时候我恰巧敲门。我吓着你们
　　　　没有？

凯　依：没有，一点儿也没有。

女　人：你是个勇敢的孩子，我非常高兴。各位，你们好哇！

奶　奶：您好，太太……

女　人：您可以叫我男爵夫人。

雪
女
王

167

奶　奶：您好哇，男爵夫人！请坐吧。

女　人：谢谢您。（坐下来）

奶　奶：我现在用个枕头去堵住窗子，风刮得挺厉害的。（塞
　　　　住窗）

女　人：哦，刮风我倒不觉得什么。我是有事情到您这儿来的。
　　　　有人跟我说起过您。他们说您是一位非常好的女人，
　　　　您又勤劳，又正直，又善良，可是很穷。

奶　奶：男爵夫人，您要喝点儿茶吗？

女　人：不要，一点儿也不要！它是热的呀。他们跟我说，您
　　　　虽然穷，可是您养了一个领来的男孩子？

凯　依：我不是领来的男孩子！

奶　奶：他说的话是真的，男爵夫人。

女　人：可是他们这样跟我说：女孩子是您的孙女儿，可是男
　　　　孩子呢……

奶　奶：是的，男孩子不是我的亲孙子。可是在他的爹娘死的时
　　　　候，他还不到一岁。他就这样孤零零一个人留在世界
　　　　上，男爵夫人，我们就把他领回来。他在我的手里长大，
　　　　我爱他，跟爱我那些死了的孩子，爱这孙女儿没什么
　　　　两样。

雪
女
王

169

女　人：这些感情使您得到了好名声？可是您很老了，说不定
　　　　会死的。

凯　依：奶奶一点儿也不老。

盖尔达：奶奶不会死的。

女　人：别响。我说话的时候，一切人都应该闭嘴。您明白不
　　　　明白？我要把您的男孩子带走。

凯　依：什么？

女　人：我是一个孤独的人，我有钱，可是我没有孩子——这
　　　　男孩子将来做我的儿子。老太太，您当然赞成啰？这
　　　　件事情，对于我们大家都是好的呀。

凯　依：奶奶，奶奶，亲爱的奶奶，别把我交给她！我不爱她，
　　　　可我这样爱您！连玫瑰花您也不舍得，何况我是个人
　　　　呢！如果她把我带走，我要死的……如果您有困难，
　　　　我也可以干活挣钱啊。

盖尔达：奶奶，奶奶，千万不要把凯依给她！啊，别给！

奶　奶：你们怎么啦，孩子！我当然无论怎么样也不会把凯依
　　　　送掉的。

凯　依：您听见了没有？

女　人：用不着这样急。想想吧，凯依。孩子啊，你住在王宫里，

170

几百个忠心的仆人要听你每一句话。在那边……

凯　依：在那边没有盖尔达，在那边没有奶奶。我不上您的地
　　　　方去。

故事人：好孩子……

女　人：别响！（她做了一个命令的手势）

讲故事的人退后不响。

奶　奶：男爵夫人，请您原谅我，这个孩子怎么说就怎么办。我
　　　　怎么能够把他给人呢？他在我的手里长大。他开口说
　　　　的第一个字就是火。

女　人：（害怕地一抖）火？

奶　奶：他第一次下床就到这火炉旁边来……

女　人：（发抖）到火炉旁边来？

奶　奶：他生病的时候，我为他哭；他病好了的时候，我又那
　　　　么高兴。他有时候淘气，有时候使我伤心，可是平常
　　　　总是叫我高兴。这是我的孩子，他以后还是我的。

盖尔达：要我们不跟他一起生活，这事情简直想想都可笑。

女　人：（站起来）没关系！随您吧。这些感情使您得到好名声。
　　　　孩子，如果你愿意这样，你就留在这儿吧。咱们分别了，

雪
女
王

171

你亲我一下好不好？（讲故事的人上前一步，女人用命令的手势阻止他）你不愿意吗？

凯　依：不愿意。

女　人：唉，原来是这样！我原先以为你是个勇敢的孩子，原来却是个胆小鬼！

凯　依：我完全不是胆小鬼。

女　人：那么我们分别了，你就亲我一下吧！

盖尔达：凯依，不要亲。

凯　依：可是我绝对不愿意让她以为我怕一个男爵夫人。（勇敢地向男爵夫人走去，踮起脚尖，把嘴唇向她凑过去）一路平安！

女　人：好孩子！（亲凯依）

台后是风的呼啸声和怒号声，雪敲窗子。

女　人：（咯咯笑）再见吧，各位！马上就要再见的，孩子！（很快地走出去）

故事人：多么可怕！要知道这就是她，她，雪女王！

奶　奶：你讲故事讲得够了。

凯　依：哈哈哈！

盖尔达：凯依，你笑什么？

凯　依：哈哈哈！瞧，多么可笑，玫瑰花谢了，它们变得多么难看，
　　　　多么讨厌啊，嘻！（采了一朵玫瑰花，把它扔在地上）

奶　奶：玫瑰花谢了，多不幸啊！（向玫瑰花树跑过去）

盖尔达：玫瑰花！……我们的玫瑰花！

凯　依：如果你嚷，我就抓你的辫子。

奶　奶：凯依！我认不出你来了。

凯　依：嘿，你们一向叫我多讨厌哪！这是很明白的。我们三
　　　　个人住在这样的狗窝里。

奶　奶：凯依！你怎么啦？

故事人：这都是那雪女王！都是她，她！

盖尔达：您刚才为什么不说呢？

故事人：说不出来呀。她用手向我一指——我就从头冷到脚，舌
　　　　头也叫冻住了，于是……

凯　依：废话！

盖尔达：凯依！你说话跟顾问官一样。

凯　依：我很高兴。

雪
女
王

173

奶　奶：孩子，天已经晚了。去睡吧！你们闹脾气哪。听见了吗？
　　　　马上洗了脚去睡吧。

盖尔达：奶奶……我想先知道他出了什么事情！

凯　依：我去睡了。呼呼！你哭的时候多难看啊。

盖尔达：奶奶……

故事人：（把他们送出去）睡吧，睡吧，睡吧。（向奶奶扑过去）
　　　　您知道他出了什么事情吗？我告诉我的妈妈，说雪女
　　　　王想亲我的时候，妈妈回答说："好在你没有让她这样
　　　　做。雪女王亲过的人，心要冻成一块冰的。"现在我
　　　　们的凯依有一颗冰的心了。

奶　奶：这是不可能的。明天早上他醒过来，还是那样善良和快
　　　　活的孩子。

故事人：如果不是呢？唉，这事情我完全不指望了。怎么办才好？
　　　　以后怎么样呢？不行，雪女王啊，我不给你这孩子！
　　　　我们要救他！我们要救！要救！

　　窗子外面，风雪的呼啸声和怒号声更加尖锐，更加厉害。

故事人：我们不怕！你嚷吧，喊叫吧，怒号吧，敲窗子吧——我们
　　　　还是要跟你这雪女王斗争的。

　　　　　　　　　　　　　　　　　　　　　　　　——幕下

第二幕

幕前有一块石头。很累的盖尔达慢慢地从上场门口走出来。她在石头上坐下。

盖尔达：直到如今我才明白，孤孤单单一个人是什么滋味。没人跟我说："盖尔达，你想吃吗？"没人跟我说："盖尔达，来，你的脑门子好像有点儿热哪。"没人跟我说："你怎么啦，今天为什么这样不高兴啊？"碰到人到底要轻松一些——他们问你两句，跟你谈谈天，有时候还给东西吃。可是这些地方一个人也没有，我从天亮走到现在，还没碰到过人。路上看见一些小房子，它们却都锁上了。我走进院子——没人，小花园里空空的，菜园子也是这样，田地上没人干活。这是什么道理呢？所有的人都上哪儿去了呢？

雄乌鸦：（从左右两幅幕布中间的缝里走出来，讲话的声音很沙，有点儿咬舌头）您好哇，姑娘！

盖尔达：先生，您好！

雄乌鸦：对不起，您不会拿棍子扔我吧？

盖尔达：噢，哪儿的话呀，当然不会扔！

雄乌鸦：哈哈哈！我听见这话真高兴！您会用石头扔我吗？

盖尔达：哪儿的话呀，先生！

雄乌鸦：哈哈哈！用砖头呢？

盖尔达：不不，我向您担保。

雄乌鸦：哈哈哈！让我来恭恭敬敬地，谢谢您这种令人惊奇的有礼貌吧！我说得漂亮吗？

盖尔达：漂亮极了，先生。

雄乌鸦：哈哈哈！这是因为我生长在女王的御花园里。我差不多是一只王宫里的乌鸦了。不过我的未婚妻才是真正的王宫里的乌鸦哪。她吃女王厨房里的食物。您当然不是本地人啰？

盖尔达：是的，我是从远处到这儿来的。

雄乌鸦：我一下子就猜出来是这么回事。要不然的话，您就会知道路边所有的房子为什么都空了。

盖尔达：先生，它们为什么空了呢？我希望没有出什么坏事情。

雄乌鸦：哈哈哈！恰巧相反！王宫里大摆酒席，所有的人都上那儿去了。可是我请您原谅，您为什么忧愁呢？您说吧，说吧，也许我这只好心肠的乌鸦能够帮您的忙。

盖尔达：哎，只要您能够帮我找到一个男孩子就好了。

雄乌鸦：找一个男孩子？您说吧，您说吧！这很有趣，有趣极了！

盖尔达：您看，我在找一个跟我一起长大的男孩子。我，他，还有我们的奶奶，我们一起相亲相爱地过日子。可是有一回——这是去年冬天的事情了——他拿起雪橇，到城里一个广场上去。他把自己的小雪橇拴在一个大雪橇后面——孩子们常常是这样做的，好滑得快点儿啊。大雪橇上坐着一个穿白皮大衣、戴白皮帽子的人。他刚把自己的雪橇拴在大雪橇上，穿白皮大衣、戴白皮帽子的人就马上赶马，马向前冲，拖了大雪橇就走，大雪橇又拖了小雪橇走——从此，就没有人再见过这孩子了。这孩子的名字叫作……

雄乌鸦：凯依……呱呱呱！

盖尔达：您怎么知道他是凯依呢？

雄乌鸦：您叫盖尔达吗？

盖尔达：对呀，我叫盖尔达。可是这些个事情您怎么知道的呢？

雄乌鸦：我们的亲戚喜鹊是一个顶爱多嘴的婆娘，她知道世界上所有的事情，她把所有的新闻带来给我们，所以我们也知道了您的事情。

盖尔达：（跳起来）这是说您知道凯依在哪儿啦？回答呀！为什么您不响呢？

雄乌鸦：呱呱！呱呱！一连四十个晚上，我们商量了又商量，又是猜呀又是想：他在什么地方呢？凯依在什么地方呢？可是我们到底没有想出来。

盖尔达：（坐下）我们也是这样。我们等凯依等了整整一个冬天。到了春天，我就出来找他。那天奶奶还睡着觉，我悄悄地亲了亲她，和她告了别——就出来找他了。可怜的奶奶呀——她一个人在那边一定很冷清的。

雄乌鸦：是的。喜鹊说，你们的奶奶非常非常忧愁……孤单得要命！

盖尔达：可是我却白白浪费了这么些时间。我拼命找他，已经找了整整一个夏天，我找了又找——可是没有人知道他在什么地方。

雄乌鸦：嘘嘘嘘！

盖尔达：什么事？

雄乌鸦：让我听一听！对了，这是她飞到这儿来了。我辨得出她那双翅膀的响声。可敬的盖尔达，现在我就介绍您认识我的未婚妻——王宫里的乌鸦。她一定很高兴的……瞧，她来了……

雌乌鸦飞进来，她很像她的未婚夫。两只乌鸦交换了很有礼貌的鞠躬。

雌乌鸦：你好哇，卡尔！

雄乌鸦：克拉腊，你好！

雌乌鸦：卡尔，你好哇！

雄乌鸦：你好，克拉腊！

雌乌鸦：你好哇，卡尔！我有一个非常有趣的消息。卡尔，包你听得马上就要把嘴张开的。

雄乌鸦：快说吧！快！

雌乌鸦：凯依找到了！

盖尔达：（跳起来）凯依？你们不骗我吧？他在什么地方？什么地方？

雌乌鸦：（向后一跳）哟！这是谁呀？

雄乌鸦：克拉腊，不要怕。让我来给你介绍这小姑娘。她叫作

盖尔达。

雌乌鸦： 盖尔达！怪事儿！（有礼地鞠躬）您好哇，盖尔达！

盖尔达： 别折磨我了——告诉我凯依在什么地方吧。他出了什么事情啦？他活着吗？是谁把他找到的？

两只乌鸦用乌鸦的语言活泼地谈了一会儿。接着他们走到盖尔达面前来，你一声我一声地讲话。

雌乌鸦： 一个月

雄乌鸦： 以前，

雌乌鸦： 公主，

雄乌鸦： 就是国王的

雌乌鸦：女儿，

雄乌鸦：走到

雌乌鸦：国王

雄乌鸦：面前，

雌乌鸦：对他

雄乌鸦：说：

雌乌鸦："爸爸，

雄乌鸦：我

雄乌鸦：非常

雄乌鸦：孤单，

雌乌鸦：朋友们

雄乌鸦：都怕

雌乌鸦：我，

雄乌鸦：没有

雌乌鸦：人

雄乌鸦：跟

雌乌鸦：我

雪女王

181

雄乌鸦：玩。"

盖尔达：原谅我打断你们的话，可是你们为什么给我讲国王女儿的事情呢？

雄乌鸦：可是亲爱的盖尔达，要不是这样讲，您是不会明白的！

　　他们继续讲故事。他们你一句我一句地接着一口气说下去，仿佛他们是一个人讲话似的。

雄乌鸦、雌乌鸦："没有人跟我玩，"国王的女儿说，"朋友们下棋故意输给我，玩捉鬼游戏故意让我赢。我闷死了。"——"嗨，好吧，"国王说，"我让你结婚吧。"——"我们先看看求婚的人，"公主说，"我只嫁给那些不怕我的人。"他们于是招驸马。所有的人都怕进王宫。可是有一个男孩子一点儿也不怕。

盖尔达：（快活地）这是凯依吗？

雄乌鸦：是的，就是他。

雌乌鸦：别的所有人都吓得像鱼一样一声不响，可是他却跟公主高声讲话！

盖尔达：还用说吗！他非常聪明的！他懂得加减乘除，甚至于还懂得小数！

雄乌鸦：于是公主挑中了他，国王封他做王子，送给他半个国家。因为这个，王宫里大摆酒席。

盖尔达：你们断定这是凯依吗？他还不过是个小孩子罢了。

雌乌鸦：公主也不过是个小姑娘罢了，就跟您一样。您要知道，公主她们，想要结婚就可以结婚的。

雄乌鸦：凯依把奶奶和您忘了，您心里不恼吗？听喜鹊说，他到后来对你们很无礼，是不是？要是凯依忽然不愿意跟您讲话，那可怎么办？

盖尔达：他会愿意的，我要说服他。我要让他写封信给奶奶，告诉奶奶说他还活着，身体也很健康，然后我就走。

雌乌鸦：如果是这样，那么您去吧！

雄乌鸦：万岁！万岁！真心，勇敢，友爱……

雌乌鸦：……会消灭一切障碍的。万岁！万岁！万岁！

传来啪嗒啪嗒声和铃声。

盖尔达：这是什么？

雌乌鸦：我不明白。

响声越来越近。

雄乌鸦：亲爱的克拉腊，三十六着，走为上着！

雌乌鸦：我们躲起来吧。

他们和盖尔达躲到幕布后面去。他们刚躲好，王子克劳斯

和公主爱耳扎冲到台上来。他们在玩扮马的游戏。王子扮马。他的胸前有一个马挂的小铃铛闪闪地发亮。

克劳斯：（停下来）好了，够了。我做马做了很久了。让我们玩别的游戏吧。

爱耳扎：玩捉迷藏好不好？

克劳斯：好。你躲起来吧！好了！我数十下。（转过脸去数一二三四）

公主在戏台上幕布前找躲的地方，最后公主在幕布旁边停下来。就在她停下来的地方，隔着幕布正躲着盖尔达和两只乌鸦。她掀开幕布，看见哭得很伤心的盖尔达和深深鞠躬的两只乌鸦。她哇的一声叫了起来，连忙跳开。

克劳斯：（回过头来）什么，耗子吗？

爱耳扎：比耗子还糟，糟透了。那边有一个小姑娘和两只乌鸦。

克劳斯：笨家伙！我马上来看。

爱耳扎：不要不要，这大概是什么鬼吧。

克劳斯：笨家伙！（向幕布走去）

盖尔达擦着眼泪，向他迎面走出来。两只乌鸦跟了她出来，一直鞠着躬。

克劳斯：小姑娘，你是怎么样到这儿来的？你的脸很好看。你为什么躲开我们呢？

盖尔达：我早就要出来了……可是我哭起来啦。我最不爱人看我哭。我完全不是一个爱哭的人哪，您相信我吧！

克劳斯：我相信，我相信。喂，小姑娘，讲讲你出了什么事情吧。嗨……让我们来谈谈心吧。

盖尔达轻轻地哭。

克劳斯：你要知道，我不过是个孩子罢了。我是乡下来的牧童。我到公主这里来，就因为我什么也不怕。我也受过苦。我的哥哥自以为是聪明人，把我当作傻瓜。虽然实际上恰巧相反。喂，好朋友，喂……爱耳扎，你过来和和气气地跟她谈谈吧。

爱耳扎：（亲切地微笑着，但庄严地讲话）爱卿……

克劳斯：为什么你要像国王那样讲话呢？这里全是自己人哪不是。

爱耳扎：对不起，我偶然讲错了……小姑娘，亲爱的，谢谢你告诉我你出了什么事情啦。

盖尔达：哎，在我刚才躲的地方，幕布上有一个小洞。

克劳斯：那又怎么样？

盖尔达：我打那洞口看见您的脸啦，王子。

克劳斯：你哭起来就为的这个吗？

盖尔达：是的……您……您根本不是凯依……

克劳斯：当然不是。我叫作克劳斯。你怎么会忽然把我当作凯依呢？

雌乌鸦：请好心的王子原谅我吧，可是我亲耳听见公主（用嘴点点公主）她管王子您叫凯依的。

克劳斯：（对公主说）这是什么时候的事情？

爱耳扎：有一次吃完饭。你记得吗？我们先玩妈妈和女儿。我做女儿，你做妈妈。后来我们玩狼和七只小山羊。你做七只小山羊，大叫了一声，吓得我那吃过饭睡觉的国王爸爸从床上翻了下来。你记得吗？

克劳斯：不错，说下去吧！

爱耳扎：后来他们求我们玩得轻点儿。我于是给你讲故事，讲喜鹊在厨房里讲过的盖尔达和凯依的故事。我们接着扮起盖尔达和凯依来了，我叫你凯依。

克劳斯：原来是这么回事……你是谁呀，小姑娘？

盖尔达：哎，王子，我就是盖尔达。

克劳斯：你说什么！（不由自主地来回走）真糟糕。

盖尔达：我多希望您是凯依呀！

克劳斯：唉，你呀……这可怎么好？你看怎么办呢，盖尔达？

盖尔达：王子，我要再找凯依，一直到找到为止。

克劳斯：好家伙。你听我说。你干脆就叫我作克劳斯吧。

爱耳扎：我叫作爱耳扎。

克劳斯：你跟我讲吧。

爱耳扎：也跟我讲。

盖尔达：好的。

克劳斯：爱耳扎，我们应该帮助盖尔达才对。

爱耳扎：让我们来给她一条搭过肩头的浅蓝色缎带，或者给她
　　　　一条有剑、有蝴蝶结、有小铃的腰带吧。

克劳斯：哎，这些东西对她一点儿用处也没有。你现在要朝什
　　　　么方向走呢，盖尔达？

盖尔达：朝北走。我怕凯依到底是被雪女王带走了。

克劳斯：你想上雪女王那儿去吗？可是你要知道，那是很远的呀。

盖尔达：有什么办法呢！

克劳斯：我知道怎么办。我们给盖尔达一辆马车。

雄乌鸦、雌乌鸦：马车？好极了！

克劳斯：四匹棕色马。

雄乌鸦、雌乌鸦：棕色的？漂亮！漂亮！

克劳斯：爱耳扎，你给盖尔达一件皮大衣、一顶皮帽子、一个暖手筒、一副手套、一双毛皮鞋。

爱耳扎：请拿吧，盖尔达，我不在乎。我有四百八十九件皮大衣。

克劳斯：现在我们安排你睡觉，你早上就动身。

盖尔达：不要，不要，别安排我睡觉了，要知道我很着急呀。

爱耳扎：盖尔达，你说得对。人家要我睡觉我也受不了。我一得到半个国家，就马上把保姆赶出房间。现在已经快十二点钟了，我还没有睡觉！

克劳斯：可是盖尔达累啦。

盖尔达：我可以在马车里休息睡觉。

克劳斯：嗯，好的。

盖尔达：我以后还你马车、皮大衣、暖手筒，还有……

克劳斯：胡说！两位乌鸦！你们马上飞到马房里去，替我吩咐他们牵出四匹棕色马来套车子吧。

爱耳扎：套金的车子。

盖尔达：哎呀，不，不！为什么要金的呢？

爱耳扎：别争了，别争了！这样要漂亮得多啦。

乌鸦出去了。

克劳斯：我们现在到更衣室去，把皮大衣拿来给你。盖尔达，
　　　　你暂时坐下来歇一会儿吧。你一个人不怕吗？

盖尔达：是的，不怕，谢谢你们。

克劳斯：嗯，盖尔达，不要怕！

爱耳扎：嗯，盖尔达，我们马上就来。

盖尔达：谢谢你，爱耳扎，谢谢你，克劳斯，你们都是非常好
　　　　的孩子。

　　所有的人都走了。

盖尔达：很快就要到半夜了。我觉得到底有点儿怕。矮树林子
　　　　里有什么东西叫唤；草里有人咳嗽；天上黄色的月亮
　　　　跟蛋黄一样，跟故乡的月亮完全不同。

　　顾问官从舞台侧面出场。他向盖尔达偷偷走过来，一把抓
住她，用手帕掩住她的嘴。

顾问官：你落到我的手里来啦，大胆的小姑娘！现在你可完了。

　　讲故事的人跑进来。

故事人：不，还没有完哪，顾问官。（拉开顾问官，放了盖尔达）

顾问官：您在这里？

雪
女
王

189

故事人：不错。

　　讲故事的人抱着向他挨过来的盖尔达。

故事人：顾问官，我改扮得认不出来，您每一步我都盯着。您出发的时候，我跟着您动身。

顾问官：哼，好一个卫兵！

故事人：（拔出剑来）不要动，动一动就白刀子进红刀子出。

顾问官：废话。（也拔出剑来）

　　讲故事的人和顾问官比剑。

盖尔达：（嚷叫）克劳斯，爱耳扎！

王子和公主跑进来。王子手上有一堆皮大衣。王子一看见这些突然发生的事情，就把皮大衣扔在地上，向顾问官扑过去，抓住他的手。

克劳斯：这是怎么搞的？我们在那边耽搁了，找不到钥匙，您
　　　　倒在这里欺侮我们的客人？

盖尔达：他想把我关到牢里去。

爱耳扎：让他关关看吧。

克劳斯：盖尔达，我们给你把皮大衣拿来了。

爱耳扎：来试一试哪一件更合你的身。

克劳斯：来不及了！抓到哪一件就穿哪一件吧！快！

　　雄乌鸦和雌乌鸦走进来。

雄乌鸦、雌乌鸦：马车预备好了！

克劳斯：能干！这件事办得很好，我要赏给你们搭过肩头的缎
　　　　带和这个……有小铃铛的腰带。

　　雄乌鸦和雌乌鸦深深鞠躬，表示感谢。

克劳斯：你准备好了吗，盖尔达？我们走吧。（向讲故事的人）
　　　　您也跟我们一块儿走吗？

故事人：不，我留在这儿，如果顾问官想跟盖尔达走，我一步

雪
女
王

191

也不让他动。我会赶上你的，盖尔达。

顾问官：废话。

他们走了。盖尔达先走。王子和公主在她后面走。雄乌鸦和雌乌鸦在最后走。

故事人：您输了，顾问官。

顾问官：还没有赌完哪，编故事的先生！

讲故事的人和顾问官走了。过了一会儿，讲故事的人又在幕前出现。

故事人：嘿，一切都很顺利。顾问官可慌了。什么地方有友爱、真诚和火热的心，他就什么办法也没有。他回家去了。盖尔达坐四匹棕色马拉的马车走，这一下，那可怜的男孩子就要得救。可惜马车是金的，金子是非常重的东西。所以马拉这辆车子拉不快。可是正因为这个，我才赶上了她。小姑娘睡着觉，我可等不及了，就撒腿超过了马车。我左右左、左右左地走了又走——只看见火花打脚后跟下面飞起来。虽然已经是深秋了，可是天空晴朗干爽，一棵棵树都披上了银白色的外衣——原来是第一次下霜了，一路上是树林子。那些怕冷的鸟都已经飞到南方去了，可是——嘻——那些不怕冷的鸟呢，它们多么快活地叽叽喳喳地叫哇。简直叫人高兴。等一等！你们听！我希望你们也听到鸟声。听见吗？

传来很长一声预示凶兆的刺耳口哨，远远又有一声回应它。

故事人：这是什么？这完全不是鸟嘛。（拿出手枪，把它仔细看了看）有强盗！马车没有一点儿防备。（打两幅幕布当中的缝躲进去）

（幕开）

一个半圆形的房间，一眼就看得出来，这是一座塔的内部。幕拉开的时候，房间里是空的。门后有人吹了三声口哨。另外有三声口哨回应他。门打开，强盗头目走进房间里来。他用手牵了一个披斗篷的人。那人的眼睛被手绢蒙住。手绢的两头垂在那人的脸上，因此观众看不清他的脸。另外一道门马上打开，一个戴眼镜的老妇人走进房间里来。阔边的强盗帽子歪戴在她的头上。那女人抽着烟斗。

女大王：把他的手绢解下来。

强盗头：来吧。（把披斗篷的人眼睛上的手绢解下来，这原来是顾问官）

女大王：您要什么？

顾问官：您好哇，太太！我要见见强盗大王。

雪女王

193

女大王：我就是。

顾问官：您？

女大王：对了。自从我丈夫受凉死了以后，我就接管了他的事情。您想要什么？

顾问官：我想跟您私人讲几句话。

女大王：约翰涅斯，你出去！

强盗头：是！（向门口走去）

女大王：你别偷听，要不然我枪毙你。

强盗头：哪儿的话呀，女大王。（走出去了）

女大王：如果您拿芝麻绿豆般的小事情来麻烦我，您可别想活着出去。

顾问官：废话。我们来好好谈一下。

女大王：说吧，说吧！

顾问官：我可以指点您发一笔大财。

女大王：啊？

顾问官：现在路上要有一辆四匹棕色马拉的金马车走过，这马车是从国王的马房里出来的。

女大王：马车里有什么人？

顾问官：一个小姑娘。

女大王：有护卫吗？

顾问官：没有。

女大王：嗯。不过……马车当真是金的吗？

顾问官：是的。正因为这样，它是悄悄地走的。它已经很近了——
　　　　我刚超过它不久。它逃不过您的。

女大王：原来是这样。东西到手，你拿几成？

顾问官：您只需把小姑娘交给我。

女大王：就是这样？

顾问官：是的。这是个讨饭的小姑娘——您留下她是得不到赎
　　　　金的。

女大王：一个讨饭的小姑娘有金马车坐？

顾问官：克劳斯王子把这金马车暂时借给她用。小姑娘是讨饭的。
　　　　我因为一件事情很恨她。您把这小姑娘给我，我把她带走。

女大王：您想带走小姑娘？

顾问官：对了。不过万一您实在不答应，我不带走她也可以。
　　　　只是有一个条件，小姑娘必须永远待在这儿。

雪
女
王

女大王：好的，以后再看吧。马车近了吗？

顾问官：非常近了。

女大王：好。（把手指放在嘴里，震耳地吹口哨）

　　强盗头目跑进来。

强盗头：有什么吩咐？

女大王：梯子和望远镜。

强盗头：是！

　　女大王走上梯子，从碉堡的枪眼往外张望。

女大王：好，我看见了，您没有扯谎。车子一路过来，整辆车
　　　　子一闪一闪地发亮。

顾问官：（擦手）金子！

女大王：金子！

强盗头：金子！

女大王：吹号集合。（吹口哨）

强盗头：是！（把墙上的喇叭拿下来吹）

　　墙外有喇叭声回应他，还有擂鼓声、楼梯上的脚步声、兵
器的铿铿声。

女大王：（佩上剑）约翰涅斯！派个人到这儿来吧，这人一定要看守住。

顾问官：干吗要看守我？

女大王：一定要这样做。约翰涅斯，你听见我的话没有？

强盗头：没有人会答应来的，女大王。

女大王：为什么？

强盗头：强盗都是急性子的人。他们急着要去拦到马车分赃。

女大王：马车的事情大家打哪儿知道的？你偷听了吗？

强盗头：我没有。他们呢——偷听了。

女大王：那么派那个大胡子来吧——就是来请求入伙的那个。他是新人——他会来的。

强盗头目走了。

女大王：好，亲爱的朋友，如果您骗我们，如果我们在马车旁边碰到了伏兵，您是不会活着从这儿出去的。

顾问官：废话。您赶紧点儿吧。马车非常近了。

女大王：别教训我！

有人敲门。

女大王：进来！

一个面貌凶恶、有一把胡子的人走进来。

女大王：你不要跟我们出去！

胡　子：女大王！带我去吧！我要使劲儿打得直冒火星。我在
　　　　战斗当中，是一只猛兽。

女大王：那边不会有战斗的。他们没有卫队，就是车夫跟一个
　　　　小姑娘。

胡　子：女大王，带我去吧。

女大王：不行！你留在这儿看住这人，他要逃，你就打死他。

胡　子：嗯，好……

女大王：看好啦。（向门口走去）

胡　子：祝您满载而归。

女大王走了。

顾问官：（非常心满意足，低声地吟唱）二二得四——一切做
　　　　得应该如此。二二得四——一切做得应该如此！

远远传来女大王的声音："在每棵树后面埋伏！"又传来
倒退的马蹄声。

顾问官：五五二十五——女大王万万岁。六六三十六——胆大

雪女王

的孩子要倒霉。（向长胡子的强盗转过脸去）强盗，
你也不爱孩子吧？

胡　子：我讨厌。

顾问官：好家伙！

胡　子：我巴不得趁所有的儿童没有长大，就把他们关到笼子
里去。

顾问官：聪明的想法。你在这强盗窝里好久了吗？

胡　子：不很久。一共不过半个钟头。我不会在这待很久的。
我总是这个强盗窝去那个强盗窝来的。我跟人家会吵
翻的。我这个人是不管三七二十一的。

顾问官：漂亮！你是个能干的人，对于我说不定有用。那好极了！
用赚钱老板的眼光来看，你倒可以给我干一干。

胡　子：给钱吗？

顾问官：当然。

远远传来叫声。

顾问官：好。（向梯子走去）我想看看那边在干什么。

胡　子：看吧！

顾问官：（登上枪眼的地方，看望远镜）可笑极了！车夫想把

马赶走，可是金子是重东西。

胡　子：我们的人呢？

顾问官：围住了马车。车夫跑了。他们抓住小姑娘。哈哈哈！
　　　　了不起！（从梯子上下来，吟唱）一切做得应该如此——
　　　　二二得四。

胡　子：我想他们不会把小姑娘弄死吧？

顾问官：好像不会。怎么了？

胡　子：我想由我来动手做这件事情。

顾问官：（把手搭在长胡子的强盗的肩头上）强盗！我喜欢你。

胡　子：您的手多冷啊——隔着衣服我也感觉到了。

顾问官：我一辈子专门做冰买卖。我的正常体温是三十三度二。
　　　　这儿没有孩子吧？

胡　子：当然没有！

顾问官：那再好也没有了！

　　　传来走近的马蹄声。

顾问官：他们来了！他们来了！

　　　吵闹声，喊叫声。门打开。女大王和强盗头目走进房间里来。
他们带来了盖尔达。

雪
女
王

201

女大王：喂，客人！你自由了！你没有骗我们！

顾问官：女大王，我提醒您我的条件。把小姑娘给我吧！

女大王：你可以得到她。

盖尔达：不要，不要啊！

顾问官：住嘴！这里不会有人保护你的。（对女大王）您找得
　　　　到绳子吗，女大王？得绑住小姑娘的手脚。

女大王：可以。约翰涅斯！把她绑起来。

盖尔达：等一等，好心的强盗们，等一等！我想对你们说两句
　　　　话啊，强盗们。拿走我的皮大衣、皮帽子、手套、暖
　　　　手筒、毛皮鞋，把我放了吧，让我走我的路，可是别
　　　　把我交给这个人哪！你们不知道他，你们不明白他多
　　　　么可怕。

　　　　强盗们哈哈大笑。

顾问官：废话！我跟他们都是挺熟的。

盖尔达：放了我吧！没有了我，凯依会死——他是个挺好的孩子。
　　　　你们会明白我的意思的！你们也有朋友哇！

胡　子：够了，小丫头，你真讨厌。别废话。我们是冷冰冰只
　　　　管要钱的人，我们没有朋友。

盖尔达：如果你真是个坏人，我情愿你来扭我的耳朵，也别把我交给他！难道这儿没有一个人保护我吗？

顾问官：没有的！绑她吧。

　　门忽然打开，一个小姑娘跑进房间里来——这姑娘结实、样子善良、黑头发。她的肩头上挂着枪。她向女大王扑过来。

顾问官：（嚷道）这儿有孩子？

女大王：好哇，乖孩子！（把脸蛋贴到小姑娘鼻子上）

小强盗：好哇，妈妈！

女大王：乖孩子，打猎打得怎么样？

小强盗：好得很哪，妈妈。我打了一只兔子。你呢？

女大王：不坏。我得到了一辆金马车、四匹棕色的御马和一个小姑娘。

小强盗：（尖叫起来）一个小姑娘！（看到了盖尔达）真的？……好家伙，妈妈！我要小姑娘。

顾问官：我抗议。

小强盗：这跟那老先生有什么关系？

顾问官：可是……

小强盗：你敢对我说"可是"？小姑娘，我们走吧！别发抖，

雪
女
王

这种样子我受不了。

盖尔达：我不是怕。我是高兴极了。

小强盗：我也高兴极了。（拍拍盖尔达的脸蛋）你要跟我一起玩一起跑啦。

顾问官：我抗议，抗议，抗议！

小强盗：妈妈，枪毙他！小姑娘，不要怕，你只要不跟我吵架，谁也不敢用指头碰一碰你。好，咱们到我的房里去吧！妈妈，我告诉过你开枪呀！咱们走吧，小姑娘……

　　她们走了。

顾问官：女大王，这是什么意思？您把我们的约定破坏了。

女大王：不错。可是我的女儿一要这小姑娘，我就什么法子也没有了。我对于女儿是百依百顺的。得宠着孩子们哪——那样她们才会长成真正的强盗。

顾问官：可是女大王，您瞧，女大王啊女大王……

女大王：够了，可敬的人！我没有照我女儿的意思把你枪毙，你就该心满意足了。趁早走吧。

　　传来一声深沉好听的铃响。

女大王：这是金马车的铃铛响。他们正把它拉到塔里来。我们

去把它拆成一片一片分了吧。（向门口走去）

强盗们拥着女大王走。顾问官留住长胡子的强盗。

顾问官：别忙。

胡　子：可是那边分金子哪。

顾问官：少不了你的。这两个小姑娘里头，你应当刺死一个。

胡　子：哪一个？

顾问官：捉来的那一个。我给你钱。

胡　子：多少？

顾问官：总不会让你吃亏。

胡　子：多少？记住，这件事情除了我没人干。我反正不要待
　　　　在这里，其他的人都怕小强盗！

顾问官：好，拿去吧！（给长胡子的强盗一包钱）

胡　子：很好。

顾问官：别耽搁了。

胡　子：行。

　　　盖尔达和小强盗进来。盖尔达一见顾问官就尖叫。

小强盗：（把手枪从腰带里拔出来，对准了顾问官）你还在这儿？

滚出去！

顾问官：可是我抗议……

小强盗：喂，我数一二三。如果数到三，你还不走——我就开枪……一！

顾问官：听我说……

小强盗：二！

顾问官：可是要知道……

小强盗：三！

顾问官逃掉了。

小强盗：（哈哈笑）你看见了没有？我不是说过吗，只要我们不吵架，没人会碰你。我非常非常喜欢你。

胡　子：小强盗，请你答应让我跟你的新朋友说两句话，好吗？

小强盗：什么事？

胡　子：哦，请您别生气。我对她只说两句话，两句秘密话。

小强盗：我的朋友跟外人讲秘密话，我受不了。出去！

胡　子：可是……

小强盗：（用手枪对准他）一！

胡　子：听我说……

小强盗：二！

胡　子：可是要知道……

小强盗：三！

长胡子的强盗逃掉了。

小强盗：嗯，好了。现在我希望，不会再有大人来打搅我们了。
　　　　盖尔达，我非常非常喜欢你。你的皮大衣、手套、毛
　　　　皮鞋和暖手筒我都拿了。朋友之间，东西应该分开来
　　　　用用的。也许你舍不得吧？

盖尔达：不，一点儿也不。可是我怕到了雪女王的国土上，我
　　　　会冻死的。

小强盗：你别上那儿去了！刚结成朋友——忽然又要分开，真
　　　　不好。我有一个大动物园，里面有鹿，有鸽子，有狗，
　　　　可是我最喜欢的还是你，盖尔达。我把狗留在院子
　　　　里——它们很大，连人也吞得下。鹿在这儿。我马上
　　　　来让你看看它。（打开墙上一道门的上半扇）我的
　　　　鹿会讲很漂亮的话。这是一只稀罕的鹿。它是从北
　　　　方来的。

盖尔达：北方来的？

雪
女
王

207

小强盗：不错。我现在就让你看看它。喂，你呀！（吹口哨）
到这儿来！喂，快点儿！（哈哈笑）它害怕啦！我每
天晚上用尖刀刮得它的脖子痒痒的。我这样做的时候，
它就有趣地发抖。喂，来吧！（吹口哨）我这人你是
知道的！你知道我无论怎样也要把你弄过来的……

门的上半扇处出现了北方鹿的有角的头。

小强盗：你看，多可笑！喂，说句什么话吧。不响。它从来不
肯马上就说话的。（从刀鞘里拔出一把大刀，把刀在
鹿的脖子上刮来刮去）哈哈哈！你看它跳得多有趣？

盖尔达：不要这样。

小强盗：为什么？这不是非常好玩吗？

盖尔达：我想来问问它。鹿啊！你知道雪女王的国家在哪儿吗？

鹿点点头。

小强盗：嘿，你也知道，那么，给我滚开！（把门关上）盖尔达，
我反正不放你去。

女大王进来。长胡子的强盗在她后面，拿着一个点着的火把。
他把火把捅在墙上。

女大王：乖孩子！天黑了，我们要出去了。你睡吧！

小强盗：好。我们谈好了就睡。

女大王：我劝你把小姑娘安顿在这儿。

小强盗：她就跟我睡在这儿吧。

女大王：好！不过要当心！万一她吵醒了你，你就用刀子扎她。

小强盗：好的，这还用说。妈妈，谢谢你。（向长胡子的强盗）
喂，你呀！把小姑娘的床铺在这儿。把我房间里的稻
草拿出来。

胡　子：是。（走出）

女大王：他留下来保护你们。他虽然是个陌生人，可是我一点
儿也不担心你。你自己就可以对付一百个敌人。再见啦，
孩子！（用脸蛋碰碰她）

小强盗：妈妈，再见！

　　女大王出去了。长胡子的强盗铺床。

盖尔达：我想跟那鹿谈谈。

小强盗：接下来你又会求我把你放走的。

盖尔达：我只想问问那鹿，说不定它见过凯依呢！（尖叫起来）
哎哟哟！

小强盗：你怎么啦？

盖尔达：这强盗拉我的衣裳！

小强盗：（向长胡子的强盗）你敢！

胡　子：小大王，请饶了我吧。她衣裳上爬着一只硬壳虫子，
　　　　我把它抖了下来。

小强盗：硬壳虫子！你吓了我的朋友，我要罚你的！床铺好了
　　　　没有？那么滚出去！（用手枪对准他）一，二，三！

　　长胡子的强盗走了。

盖尔达：小姑娘！我们来跟鹿谈谈……两句话……只说两句话！

小强盗：嗯，也好——依你吧。（打开上半扇门）鹿！到这儿来！
　　　　快点儿！我不拿刀刮你了。

　　鹿出现。

盖尔达：鹿哇，请你告诉我，你看见过雪女王没有？

　　鹿点头。

盖尔达：请你告诉我，你看见过一个很小的男孩子，跟她在一
　　　　起吗？

　　鹿点头。

盖尔达、小强盗：（拉着手，愣住，互相点头）它看见了！

小强盗：这是怎么回事，你快说啊！

北方鹿：（用低沉的声音轻轻地说，很费劲地挑选字眼）我……在雪地上……跳……天很亮很亮……这是因为……北极光闪亮……忽然……我看见——雪女王飞过……我跟她说……你好。她一句话也不回答……她跟一个男孩子在谈话。这孩子冷得脸发白，可是还笑嘻嘻的，白色的大鸟背着他的雪橇……

盖尔达：雪橇！这样说来，这孩子真是凯依了。

北方鹿：这孩子是凯依啊——女王是这样叫他的。

盖尔达：哎，我也知道是这样——冷得脸发白！得用手套去擦擦他，然后给他一杯滚热的覆盆子茶。哎，笨孩子！也许他现在变成一块冰了。（对小强盗）小姑娘，小姑娘，放我走吧！

北方鹿：放她走吧！让她坐在我的背上，我把她送到雪女王统治的国土上去。那边是我的家乡！

小强盗砰地关上门。

小强盗：够了，讲过了，该睡了。你敢这样愁眉苦脸地望着我，看我开枪打你。我怕冷，我不能跟你一起去，可是叫我一个人待在这里呢，我又活不下去。我跟你混熟了。你明白吗？

北方鹿：（在门里）放吧……

小强盗：睡吧！你也睡吧。不许再说话了！（走到自己的房间里去，马上手里拿着绳子回来）我要用强盗的秘密三连结，把你绑在墙壁的环子上。（绑盖尔达）绳子很长——它不会妨碍你睡觉的。好，睡吧，我的小宝宝，睡吧，我的小宝贝。我是要放你的，可是你自己想想看：我难道和你分得开吗？别说话了！睡吧！好了……我总是一睡就睡着的——我做什么事情都很快。你也要马上睡着。你甭想解绳子。你没刀子吧？

盖尔达：没有。

小强盗：这才是个聪明孩子。别想了。明儿见！（跑向自己的房间里去）

盖尔达：哎，你这又笨又可怜的小凯依呀！我一面找你，一面长大，也聪明起来了，可是你在那边冷冰冰的，大概还是老样子吧。

北方鹿：（在门后面）小姑娘！

盖尔达：什么事？

北方鹿：让我们逃走吧。我带你到北方去。

盖尔达：可是我给绑住啦。

北方鹿：这没有关系。你运气很好——你有手指头不是？可是

雪
女
王

213

我的蹄子，就解不开绳子。

盖尔达：（一门心思地对付绳子）我怎么样也解不开。

北方鹿：那边是那么的好……我们可以在铺满了雪的地上飞奔……自由啊……自由啊……北极光照亮了路……

盖尔达：告诉我吧，鹿……凯依很瘦吗？

北方鹿：不。他长得可好呐。小姑娘，小姑娘，我们逃吧！

盖尔达：我一急呀，我的手就发抖了。

北方鹿：别响！躺下来！

盖尔达：什么事？

北方鹿：我的两个耳朵很灵。现在有人偷偷地上楼梯。躺下来吧！

　　盖尔达躺下来。冷场。门慢慢地打开。长胡子的强盗的头伸进来。他向四面望了一遍，然后走进房间，随手把门关上。随后轻轻地向盖尔达偷偷走过来。

盖尔达：（跳起来）您要干什么？

胡　子：求求你不要响！我是来救你的。（走到盖尔达身边，扬扬小刀）

盖尔达：哎呀！

胡　子：别响！（割断绳子）

盖尔达：您是谁？

长胡子的强盗拿掉胡子和鼻子。这原来是讲故事的人。

盖尔达：原来是您？您怎么到这儿来的？

故事人：我超过你的马车，走了不远，忽然听见强盗的口哨声。这可怎么办呢？车夫和我——两个人是保护不住金马车，赶不走那些贪心的强盗的。于是我假扮成一个强盗。

盖尔达：可是您一下子打哪儿来的胡子和鼻子呢？

故事人：它们早就在我身边了。我在城里跟着顾问官的时候，一直化装得别人看不出来。胡子和鼻子放在口袋里，它们帮了我一个大忙。我有一千个塔列尔……我们逃吧！到附近的村子里去，我们可以找到马……

有马蹄声。

故事人：这是什么？他们回来了？

有脚步声。

故事人：躺下来！

强盗头目和女大王走进房间里来。

女大王：这又是谁？

雪女王

故事人：您问得多奇怪呀？女大王，您不认识我了吗？

女大王：不认识。

故事人：（轻轻地）哎呀，见鬼！……我忘了把胡子挂上去了。（高声地）女大王，我才刮过胡子！

强盗头：你连鼻子也刮掉了吗？朋友！哼哼！（一把抓住讲故事的人）警犬！侦探！便衣警察！

盖尔达：（尖叫）这是我的朋友！他是冒了生命危险，到这儿来救我的！

强盗头目哈哈笑。

盖尔达：别笑。您笑够了！小姑娘！小姑娘！

强盗头：叫她吧叫她吧。她知道你想逃走，马上就要开枪打死你的。

盖尔达：到这儿来呀！来帮忙啊！

小强盗拿着手枪跑进来。

小强盗：出了什么事？这是怎么搞的？谁敢欺侮你？这是什么人？

盖尔达：这是我的朋友——讲故事的人。他是来救我的。

小强盗：你想跑吗？你原来是这种人！

盖尔达：我要留一张条子给你的。

小强盗：所有的人都出去！（赶强盗头目）妈妈你也出去！去吧！去分那些抢来的东西吧！去！（赶他们）

强盗头目和女大王出去了。

小强盗：唉，盖尔达呀盖尔达！我本来想好，我明天也许会亲自把你放走，甚至于一定把你放走的。

盖尔达：请你原谅我。

小强盗打开通往动物园的门。她进去了一会儿。鹿头露出来。

小强盗：它非常会逗我笑，可是没有法子啊。皮大衣、皮帽子、鞋子你也拿去吧。不过暖手筒和手套我不给你。我很喜欢这两样东西，我拿我妈妈的无指手套来跟你换吧。你骑上去吧。来亲亲我。

盖尔达：（亲她）谢谢你！

北方鹿：谢谢你！

故事人：谢谢你！

小强盗：（对讲故事的人说）你谢我什么？盖尔达，你那会讲许多故事的朋友，就是他吗？

盖尔达：是他。

小强盗：他在我这儿待下来吧。在你回来以前，他替我解闷。

雪女王

故事人：我？

小强盗：当然啰。鹿啊，趁我还没有改变主意，你赶快跑吧。

北方鹿：（一面跑一面说）再见！

盖尔达：再见！

她们不见了。

小强盗：喂，你站着干什么？讲啊！讲个故事，讲个可笑点儿
的故事。如果你不逗我笑，我就开枪打死你。怎么样？
一……二……

故事人：可是你听我说……

小强盗：三！

故事人：（差点儿哭出来）许多年以前，有一个雪人。有一回，
他说……可怜的小姑娘啊！可怜的盖尔达呀！那边四
面都是冰，风呼呼地吹。雪女王在一座座冰山中间
飞……可是盖尔达呢……要知道，小盖尔达一个人在
那边……

小强盗擦眼泪。

故事人：可是你用不着哭。用不着用不着！老实说，所有的事
情大概都会好好地收场的……

——幕下

第三幕

第一场

　　鹿头从幕缝里伸出来。它向四面八方看了一遍。接着盖尔达走出来。

盖尔达：雪女王的国家就从这儿开始吗？

　　鹿点点头。

盖尔达：你不敢再往前走了吗？

　　鹿点点头。

盖尔达：好，那么再见了。多谢你啦，鹿。（亲它）回家去吧。

北方鹿：等一等。

盖尔达：为什么等一等？一下儿不停地去，那不是一会儿就会
　　　　到吗？

北方鹿：等一等，雪女王挺坏的。

盖尔达：我知道。

北方鹿：你当真不怕吗？

盖尔达：不怕。

北方鹿：这儿很冷，可是跑过去还要冷。雪女王的王宫，是风雪做的墙，寒风做的窗户，雪云做的屋顶。

盖尔达：请你告诉我，该打哪儿走？

北方鹿：该一直朝北走，用不着拐弯。据说雪女王今天不在家。趁她没回家，你赶快跑吧，你一路上跑，会暖和起来的，从这里到王宫，一共不过两里路罢了。

盖尔达：这样说来，凯依挺近的！再见了！（跑起来）

北方鹿：小姑娘，再见。

　　盖尔达不见了。

北方鹿：唉，要是她有十二只鹿的力量就好了……可是，不……什么能使她比现在更有力量呢？她走遍了半个世界，无论人也好，兽也好，鸟也好，全都帮她的忙。她不依赖我们的力量，力量在她火热的心里。我不走开。我要在这里等她。如果这小姑娘胜利了——我就很开心。如果她死了呢——我要哭啦！

第二场

幕开。雪女王王宫里的大厅。王宫的墙盖着雪。凯依坐在冰做的一个大大的王位上。他病了。他手里拿着一根大冰棒。他一门心思地用冰棒翻着王位旁边又尖又扁的冰块。开幕的时候，台上静悄悄的。只听见风喑哑地单调地呼呼地吹着。可是这时候远远传来了盖尔达的声音。

盖尔达：凯依，凯依，我在这儿呀！

凯依只顾自己搅动冰棒。

盖尔达：凯依，答应啊！凯依！这地方的房间那么多，我迷路啦。

凯依不响。盖尔达的叫声越来越近。

盖尔达：凯依，好兄弟，这地方空空的！没人可以问问，该怎么样上你的地方来呢，凯依！

　　凯依不响。

盖尔达：凯依，难道你完全冻僵了吗？开口讲句话吧，我一想到你也许冻僵了，我连腿也发软了。如果你不回答，我要倒下来啦。

　　凯依不响。

盖尔达：凯依，谢谢你，噢，谢谢你！……（跑进大厅，一下子停了脚不动）凯依！凯依！

凯　依：（冷冷地，用沙声说）盖尔达，轻点。你打搅我了。

盖尔达：凯依，好兄弟，是我呀！

凯　依：嗯。

盖尔达：你把我忘了吗？

凯　依：无论什么事情，我都永远忘不了。

盖尔达：凯依，等一等，我梦见过多少次，我把你找到了……也许我又是做梦吧，不过这一次，是个噩梦。

凯　依：废话！

盖尔达：你怎么敢这样说？你怎么冷冰冰的到这种地步，连我

也不喜欢了？

凯　依：轻点儿。

盖尔达：凯依，你是故意吓唬我，逗我吧？是不是？你想一想，
　　　　我不停地走哇走哇，走了多少日子，现在把你找到了，
　　　　你连好哇也不跟我说一声。

凯　依：（冰冷地）你好哇，盖尔达！

盖尔达：你怎么这样讲话？想想吧。我跟你吵嘴还是怎么的？
　　　　你连看也不看我一眼。

凯　依：我忙着呢。

盖尔达：我不怕强盗，我不怕冻僵，可是我怕你。我怕走近你。
　　　　凯依，这是你吗？

凯　依：是我。

盖尔达：你干什么呢？

凯　依：我要用这些冰块砌成"永远"两个字。

盖尔达：为什么？

凯　依：不知道。女王吩咐我这样做。

盖尔达：难道你喜欢这样坐着，老翻冰块吗？

凯　依：是的。这叫作益智的冰块游戏。此外，如果我把"永远"

两个字砌出来，女王就要把全世界送给我，另外加上一双溜冰鞋。

盖尔达：（哭着抱住凯依）不要说了，请你不要这样说了。我们回家吧，回家吧！我不能让你一个人留着啊。如果我也待在这儿，我要冻死的，我又不愿意冻死！我不喜欢这地方。你只要想一想：家里已经是春天了，车轮隆隆地响，树叶发绿了，燕子飞来搭窝了。那边的天空多明朗啊。听见了吗，凯依，天空明朗得跟洗过一样，听见了吗，凯依？喂，你笑我说出这样蠢的话吧。天空是不能洗的呀。凯依！凯依！

凯　依：（三心两意地）你……你弄得我心神不安。

盖尔达：那边是春天了，我们回去吧，在奶奶空的时候，我们到小河边去。我们让她坐在草地上，我们擦她的手。她不做事，手就要痛的不是？你还记得吗？我们不是想给她买一张舒服的安乐椅和一副眼镜吗？……凯依！你不在，院子里乱七八糟的。你记得铁匠的儿子吗——他的名字叫作汉斯。那家伙老是生病。隔壁有一个孩子常常要打他，我们把那家伙叫"面包"。

凯　依：隔壁院子的？

盖尔达：是的，你听见了吗，凯依？他推汉斯。汉斯身子瘦弱，

雪女王

摔在地上摔伤了膝盖，耳朵也擦破了，他哭啦。我想，要是凯依在家，凯依就会保护他的。凯依，这不是很对吗？

凯　依：对的。（心神不安）我冷。

盖尔达：你看！我不是都跟你说了，他们还想淹死那可怜的狗呢！那狗叫作特烈索尔。毛蓬蓬的，你记得吗？你记得它多么爱你吗？它老得干活干不动了，面包师傅嫌它声音哑，夜里叫得不起劲，想要淹死它。难道狗错了吗？如果你在家，你就要救它了……奶奶老是哭，她站在门口。凯依！你听见了吗？下雨了，她还是站在门口，等了又等……

凯　依：盖尔达！盖尔达，是你？（跳起来）盖尔达！出了什么事啦？你在哭吗？谁敢欺侮你？你怎么到这儿来的？这儿多冷啊！（想站起来走——可是脚不很听话）

盖尔达：我们走吧！没有关系的！迈开步子走啊！走！……就是这样，你可以学会的。你的脚走走就会走起来了。我们走得到的，走得到的，走得到的。

——幕下

第三场

布置跟第一幕一样。窗子打开。窗边箱子里的玫瑰树没有开花。台上空空的。有人很急地用力敲门。最后门开了，小强盗和讲故事的人走进房间里来。

小强盗：盖尔达！盖尔达！（很快地走遍整个房间，望望卧室的门内）瞧！我早知道她没回来！（向桌子冲过去）瞧，瞧，一张条子。（念）"孩子们！柜子里有面包，有牛油，有奶油。全是新鲜的。吃吧，别等我了。你们不在我身边，我多么闷哪！奶奶留条。"你看，这是说她也没有回来！

故事人：是的。

小强盗：你要是再用这种眼神望我，我就要开枪打你了。你怎么敢想到她死了呢？

故事人：我没有想她死了呀！

小强盗：那么笑吧。多久没听到她的消息了，这当然是非常难过的啰，可是不要紧……

故事人：当然！

小强盗：我要在这儿一直坐到她回来！对呀对呀！这样好的小姑娘，是不会忽然死掉的。你听见了没有？

故事人：我听见了。

小强盗：我说得对吗？

故事人：一般说是对的。好人到最后总是得胜的。

小强盗：如果她不回来，我要一辈子跟这些"冰顾问官"和雪女王斗争。

故事人：如果她回来呢？

小强盗：还是一样要斗争。你来跟我坐在一块儿吧。你是唯一叫我快活的人。你只要叹一口气——我就要叫你送命！

故事人：天黑了，奶奶马上就该回来了。

雄乌鸦落在窗台上。

雄乌鸦：你好哇，讲故事的先生！

故事人：雄乌鸦！你好，亲爱的，看见了你，我多高兴啊！你是飞来看看盖尔达回来了没有吗？

雄乌鸦：我不是飞来的，我是走来的，可是我到这儿来，正为了这件事情。盖尔达还没有回家吗？

故事人：没有。

雄乌鸦：（朝窗外叫）呱呱！呱呱！克拉腊！他们还没回来，可是讲故事的先生倒在这儿。把这话报告王子和公主吧。

故事人：怎么？克劳斯和爱耳扎在这儿吗？

雄乌鸦：是的，他们两位到这儿来了。

小强盗：他们也日日夜夜、早早晚晚等盖尔达，等得不耐烦了吗？他们也一定要知道她回家了没有吗？

雄乌鸦：一点儿不错。在时间的河上，这许多流得很快的日子流过去了，我们的耐心已经超过了限度。我说得漂亮吗？

小强盗：不坏。

雄乌鸦：你要知道，现在我是一只真正的王宫里有学问的乌鸦了。

门打开，王子、公主和雌乌鸦进来。

克劳斯：（向讲故事的人）盖尔达还没回来？我们一直在这儿讲她呢。

爱耳扎：不讲的时候，我们就想她。

克劳斯：不想的时候，我们就梦见她。

爱耳扎：这些梦总是很可怕的。

克劳斯：我们决定到这儿来打听一下，看这儿有消息没有。待在家里更叫人不快活。

爱耳扎：我们再也不回王宫里去了。我们要到这儿来上学念书。小姑娘，你是谁？

小强盗：我是小强盗。你们给盖尔达四匹马，我把心爱的鹿送给她。鹿送她到北方，直到现在还没有回来。

故事人：天已经全黑了。（关上窗子，点起了灯）

小强盗：早不该上这儿来，该朝北迎着她来的方向走。那么我们也许可以把她救了……

故事人：可是我们本来想，这两个孩子已经回家了呀。

讲故事的人开门，奶奶差不多是跑着走进房间。

奶　奶：回来了！（抱小强盗）盖尔达……哎，不是！（向王子跑过去）凯依！又不是……（望望公主）这也不是盖尔达。这些是乌鸦。（望着讲故事的人）可是您——这真正是您……您好哇，我的朋友！孩子们怎么样了？你们……你们不敢说吗？

雌乌鸦：唉，不是的，我向您担保——我们不过是什么也不知道罢了。您相信我吧。鸟儿是从来不扯谎的。

奶　　奶：请你们原谅我……我每天晚上回家，在下头院子看见
　　　　　这儿房间的黑窗子，我心里就想，也许他们已经回来，
　　　　　睡着了吧。我上来跑进卧室——没有人，床上空空的。
　　　　　我搜每一个墙犄角儿。我心里想，也许他们躲起来，
　　　　　想要逗我开心吧。可是我什么也没有找到。今天我看
　　　　　见窗子里有灯光，我一下子年轻了三十岁。我跑上
　　　　　来——走进房间，我的年纪又恢复了，唉！孩子们还
　　　　　是没有回家。

小强盗：奶奶，您坐吧，亲爱的奶奶，您别叫我伤心了，这种
　　　　　样子我受不了。

奶奶坐下来。

奶　　奶：你们大家，我从讲故事先生的信里都知道了。这一位
　　　　　是克劳斯，这一位是爱耳扎！这是小强盗。这是卡尔。
　　　　　这是克拉腊。请坐吧。我歇一会儿就请你们喝茶。用
　　　　　不着这样忧愁地望着我咓。没关系的，一点儿也没有
　　　　　关系。他们也许就回来。

门砰的一声打开，雪女王和顾问官走进房间里来。

雪女王：快答应把孩子马上还给我。听见了没有？要不然，我
　　　　　把你们全都变成冰。

雪
女
王

231

顾问官：然后我把你们切成一块块卖掉。听见了没有？

奶　奶：可是这孩子不在这儿。

顾问官：谎话！

故事人：顾问官，这是千真万确的真话啊！

雪女王：谎话！你们把他藏在这儿什么地方了？（向讲故事的人）您好像还敢笑。

故事人：是的。直到刚才为止，我们实在还不知道盖尔达找到了凯依。可是现在知道了。

雪女王：骗不了人的诡计。凯依，凯依，到我这儿来！孩子，他们把你藏起来，可是我来找你了。凯依！凯依！

顾问官：这孩子有一颗冰的心！他是我们的！

故事人：不是。

　　　顾问官很快地在房间里走了一圈，走进卧室又走出来。

雪女王：喂，怎么样？

顾问官：他不在这儿。

雪女王：很好。这样说来，这两个大胆的孩子死在路上了。我们走吧！

　　　小强盗冲过去拦住她。王子和公主走到小强盗身边，三个人手拉着手，勇敢地挡住她的去路。

雪女王：好孩子，当心我把手一挥——这里的人都要死个精光。

小强盗：挥手吧，顿脚吧——我们反正不让你走！

　　雪女王挥手，传来风的咆哮声和呼啸声。小强盗哈哈大笑。

雪女王：怎么样？

克劳斯：简直一点儿也不觉得冷。

爱耳扎：我很容易受凉的，可是我现在没有伤风。

故事人：（走到孩子们身边，拉住小强盗的手）那些人有火热
　　　　的心……

顾问官：废话！

故事人：你们是不能够把他们变成冰的！

顾问官：给女王让路吧。

奶　奶：（走到讲故事的人身边，拉住他的手）顾问官，对不起，可是我们无论怎样也不会让你们过去。说不定孩子们在附近，你们要扑到他们那儿去呢。不行，不行，不可以，不可以！

顾问官：你们这样做要吃亏的。

故事人：不，我们要胜利的！

顾问官：想也不要想！除非车子不用马拉会跑，人会像鸟一样在空中飞。

故事人：是的，顾问官，所有这些事情都可能的。

顾问官：废话。让女王过去吧！

故事人：不让。

他们手拉着手，成为一条链子，向顾问官和女王走过去。女王站在窗子旁边，手一挥，发出一阵窗子被打破的铿噔声。灯熄了。风呼呼地怒号。

故事人：把住门！

奶　奶：我马上点灯。

灯亮了。虽然王子、公主和小强盗把着门，可是顾问官和雪女王不见了。

奶　奶：他们在哪儿？

雌乌鸦：他们穿过破窗子……

雄乌鸦：逃出去了。

小强盗：得赶快去追他们……

奶　奶：哎呀！瞧！玫瑰树，我们的玫瑰树又开花了！这是什么意思？

故事人：这是说……这是说……（向门口走去）就是这么说！

门打开。盖尔达和凯依站在门口。奶奶拥抱他们。

小强盗：奶奶，您瞧，这是盖尔达！

克劳斯：奶奶，您瞧，这是凯依！

爱耳扎：奶奶，您瞧，这是他们俩！

雄乌鸦、雌乌鸦：万岁！万岁！万岁！

凯　依：奶奶，我再也不了，我永远不了。

盖尔达：奶奶，他本来有一颗冰的心。可是我抱住他哭了又哭，
　　　　他的心化开了。

凯　依：我们起初悄悄地走……

盖尔达：后来我们越走越快……

故事人：那么——这一下子——你们回家了。你们的朋友等着
　　　　你们，你们到的时候，玫瑰开了花欢迎你们，可是顾
　　　　问官和雪女王打破窗子逃走了。一切都顺利——我们
　　　　你们，你们我们，咱们大家在一起。只要咱们的心火热，
　　　　只要咱们团结友爱，只要咱们大胆勇敢，敌人能把咱
　　　　们怎么样啊？他们只要一出现，咱们就把他们赶得远
　　　　远的，叫他们永远也找不到路回到咱们这儿来。

——幕下

图书在版编目（CIP）数据

我请小朋友来看戏 / (苏) 马尔夏克, (苏) 施瓦尔茨著；
任溶溶译著 . -- 杭州 : 浙江大学出版社 ,2020.6
（任溶溶寄小读者）
ISBN 978-7-308-20223-7

Ⅰ . ①我… Ⅱ . ①马… ②施… ③任… Ⅲ . ①童话剧
—剧本—作品集—苏联 Ⅳ . ① I512.83

中国版本图书馆 CIP 数据核字 (2020) 第 083492 号

WO QING XIAOPENGYOU LAI KANXI

我请小朋友来看戏
REN RONGRONG JI XIAO DUZHE
—— 任溶溶寄小读者

[苏]马尔夏克　　[苏]施瓦尔茨 著　　任溶溶 译著

特约策划	上海采芹人文化　王慧敏　张　燕
选题策划	平　静
责任编辑	肖　冰　王品方
特约编辑	魏舒婷
责任校对	仲亚萍
插　图	任荣炼
装帧设计	采芹人 插画·装帧 http://blog.sina.com.cn/cqr2666　王　佳
出版发行	浙江大学出版社
	（杭州市天目山路148号　邮政编码 310007）
	（网址：http://www.zjupress.com）
印　刷	浙江新华印刷技术有限公司
开　本	889mm×1194mm　1/32
印　张	8
字　数	145千
版印次	2020 年 6月第 1 版　2020 年 6月第 1 次印刷
书　号	ISBN 978-7-308-20223-7
定　价	29.00元